Comment lire l'œuvre

PETITS CLASSIQUES

LAROUSSE

Collection fondée par Félix Guirand, Agrégé des Lettres

Un réveillon, contes et nouvelles de Normandie

MAUPASSANT

contes et nouvelles

Édition présentée,
annotée et commentée
par
Joël PLANQUE
Professeur certifié
Docteur ès Lettres

www.petitsclassiqueslarousse.com

SOMMAIRE

Avant d'aborder le texte

Un réveillon
MAUPASSANT

 – ISBN 978-203-584446-0

Avant d'aborder le texte

Un réveillon
Contes et nouvelles de Normandie

Genre : contes et nouvelles.

Auteur : Guy de Maupassant (1850-1893).

Structure : dix-huit récits brefs réunis en recueil.

Principaux personnages : pas de personnage principal ni de héros à proprement parler du fait de la multiplication des histoires, plutôt une galerie de portraits rustiques : un prêtre démoniaque, un chien que l'on abandonne, le petit peuple des paysans normands, quelques aristocrates déchus, saint Michel et le diable, un notaire véreux, etc.

Sujet : la vie quotidienne en Haute-Normandie (pays de Caux) dans les dernières années du XIXe siècle. L'auteur y dit sa haine des prêtres, nous fait partager sa familiarité des scènes de la vie de campagne et des mentalités rurales, sa hantise des paternités inconnues, son goût de la gaudriole ; Maupassant brosse au quotidien le tableau d'une province en trois maux, l'avarice, l'appât du gain et l'alcoolisme.

Publication : ces dix-huit contes furent publiés de janvier 1882 à janvier 1889 dans *Gil Blas, Le Gaulois, Le Figaro* et *L'écho de Paris*. Ils furent ensuite repris au sommaire de plusieurs volumes.

Le marché aux cochons de Pontorson (Manche).

GUY DE MAUPASSANT

(1850-1893)

Les heurts de l'enfance

1850

Le 5 août, naissance en Seine-Maritime de Guy de Maupassant. L'acte de naissance officiel, sur demande de la mère, fait mention du château de Miromesnil, loué peu de temps avant l'accouchement. On peut penser cependant que l'écrivain est né à Fécamp, dans la maison de ses grands-parents paternels. La mère, Laure Le Poittevin, est une lettrée amie d'enfance de Flaubert qu'elle admire et vénère ; son mariage avec Gustave de Maupassant date de 1846. Lui est un agent de change anobli, amateur de peintures et séducteur infidèle.

1856

Naissance d'Hervé, frère de Guy, au château de Grainville-Ymauville, près du Havre ; on en trouve la description dans *Une Vie*.

1859

La famille s'installe à Paris ; Guy fréquente le lycée Napoléon (aujourd'hui lycée Henri-IV).

1861-1863

De nombreuses scènes de ménage, assorties de violences conjugales, opposent les parents ; Guy en est définitivement marqué et apprend là à douter définitivement du mariage. Lorsque les deux époux se séparent à l'amiable, la garde des deux enfants est confiée à la mère, qui s'installe à Verguiès, dans la région d'Étretat. Guy et Hervé y côtoient des camarades dont ils apprennent le patois, le cauchois.

Des influences décisives

1863

Laure vient de lire *Salammbô* à son fils aîné. À Étretat, dans les parages du casino, il flâne sur la plage caillouteuse, les tempêtes et la mer le fascinent. Gustave Courbet séjourne là. Guy est inscrit au petit séminaire d'Yvetot, il y éprouve un pesant sentiment d'ennui, de solitude et de désarroi ; il lit *La Nouvelle Héloïse* de Rousseau et doit patienter de longues semaines avant de rejoindre le littoral. Bon élève, mais indiscipliné, il est renvoyé suite à une plaisanterie douteuse.

1864

L'adolescent est sur la plage, des appels à l'aide lui parviennent. Courageusement, ce bon nageur unit ses efforts à ceux des marins portés au secours de l'inconnu en perdition, un Anglais, le célèbre poète A.C. Swinburne. Reconnaissant, il invite Guy à lui rendre visite dans la maison qu'il occupe avec son ami et compatriote Powel.

Terrorisé, Guy remarque une main d'écorché arrachée à un malfaiteur, Swinburne la lui offre, elle inspirera le conte fantastique, *La Main*.

À l'école de Croisset

1868

Maupassant est pensionnaire dans un lycée de Rouen, il fréquente le poète rouennais Louis Bouilhet qui, chaque dimanche, l'accompagne à Croisset, chez Gustave Flaubert. Le romancier apprécie la présence de ce jeune homme qui lui soumet ses premiers textes et lui demande conseil.

Bouilhet, bibliothécaire de la ville, lui fait lire Hugo, Gautier et Laclos. C'est « l'école de Croisset », celle que Guy fréquente librement dans l'intimité d'un maître qu'il se choisit et qui l'adopte, ce qui est de bon augure si l'on considère le caractère exigeant de Flaubert.

1869

Bachelier, Guy de Maupassant se destine à des études de droit ; il est profondément affecté par la mort de Louis Bouilhet.

Une vision pessimiste du monde

1870

La guerre franco-prussienne est déclarée. Engagé volontaire, Maupassant rejoint l'intendance à Rouen. Ce conflit lui donne une vision particulièrement pessimiste du monde, une impression marquante nourrie de la haine des militaires, de chagrin et de sentiment de néant. En revanche, il admire le patriotisme des paysans normands dont le Père Milon est l'exemple dans la nouvelle éponyme.

1871

Libéré.

1872

Fonctionnaire au ministère de la Marine pour six ans, il s'ennuie de nouveau. L'univers des ronds-de-cuir est une société trop mesquine selon lui. Pour s'en défaire, il écrit ses premières nouvelles, mais ne semble vivre vraiment que le dimanche, partagé entre les visites à Flaubert et les parties de canotage.

Flaubert guide son cadet dans la voie de la littérature, lui apprend la patience, éprouve sa maturité d'écrivain, le fait travailler pendant sept ans, lui enjoignant sans cesse de remettre, à la manière de Boileau, son ouvrage sur le métier. Grâce à Flaubert qui décèle son talent et le considère comme un fils, Maupassant fréquente les romanciers les plus importants du siècle, les frères Goncourt, Alphonse Daudet, le Russe Yvan Tourgueniev et Zola, qu'il admire sans adhérer – par rejet des écoles – au naturalisme.

De ses navigations sur les yoles, Maupassant écrit : « Ma grande, ma seule, mon absorbante passion pendant dix ans, ce fut la Seine. » À Chatou, au cabaret La Grenouillère, on s'adonne au vin blanc dans « une odeur d'amour », le french-cancan fait fureur, les folles soirées s'achèvent dans les gargotes, et toute cette ambiance inspire les peintres, Manet et Renoir. De cette époque date l'attirance de Guy pour les femmes légères et les prostituées ; il contracte la syphilis.

1875

Maupassant publie *La Main d'écorché*, sous le pseudonyme de Joseph Prunier.

Les années créatrices

1876

En canot est accepté par le Bulletin français ; ce conte deviendra *Sur l'eau* et sera intégré au recueil *Boule-de-Suif*.

1877

Premières manifestations de la syphilis.

1878

Fonctionnaire au ministère de l'Instruction publique (Éducation nationale), Maupassant est affecté par des troubles de la vision.

1879

Voyage en Bretagne, puis à Jersey.

1880

Publication de *Boule-de-Suif*, qualifié de chef-d'œuvre par Flaubert, qui lui apporte la célébrité. La nouvelle paraît dans un livre collectif d'écrivains naturalistes, *Les Soirées de Médan* ; l'ensemble a pour thème la guerre de 70 et la débâcle française. De Zola, on y lit *L'Attaque du moulin*, de Huysmans, *Sac au dos*.

Maupassant est engagé par le journal *Le Gaulois* ; il met fin à sa carrière de fonctionnaire.

En mai, mort de Gustave Flaubert ; Guy se sent orphelin, vaincu par cette disparition. Assailli par de violentes migraines, gêné par ses troubles oculaires, il voyage dans le sud de la France et en Corse.

1881

La Maison Tellier. Reportage en Algérie.

1882

Publication de *La Maison Tellier*.

1883

Maupassant écrit *La Peur* et publie dans la presse trois contes fantastiques ; en avril, *Apparition*, en juillet, *Lui ?*, en décembre, *La Main*.

Sortie d'un roman, *Une vie*, en feuilletons dans *Gil Blas*, dont les thèmes sont le mariage malheureux et l'obsession de la bâtardise. Parution d'un recueil, *Les Contes de la bécasse*. Mort de Tourgueniev, qui avait commencé à traduire Maupassant en russe. Il vit dans l'aisance matérielle, fait construire une villa à Étretat, séjourne à Cannes, emploie un valet, François Tassart.

1884

Trois livres de contes paraissent, *Miss Harriet*, *Les Sœurs Rondoli*, *Clair de Lune*.

Trois contes fantastiques sortent cette année. En mai, *La Chevelure* ; en juillet *La Peur*, en septembre *Un fou ?*

Maupassant suit les cours du docteur Charcot à l'hôpital parisien de la Salpêtrière, à la même époque, Freud est l'élève de Charcot.

1885

Maupassant publie *Les Contes du jour et de la nuit*, *Bel Ami*. Ce roman est une satire de l'arrivisme. Maupassant lit *Germinal*, voyage en Italie, achète grâce à ses droits d'auteur un yacht baptisé le *Bel-Ami*, croise en Méditerranée, passe l'été à Chatelguyon.

1886

Le Horla première version est publié dans *Gil Blas*. Nouveau séjour à Chatelguyon.

1887

Seconde version du *Horla* en librairie. Un roman, *Mont-Oriol*, s'inspire des cures thermales de Chatelguyon. À bord d'un ballon nommé *Le Horla*, voyage de Paris en Hollande, puis voyages en Algérie et en Tunisie pour quatre mois. Sous l'effet de la morphine, Guy est victime d'hallucinations et de schizophrénie, sa personnalité se dédouble, se fragmente.

1888

Nouveau roman, *Pierre et Jean* ; un récit de voyages, *Sur l'eau*.

1889

Hervé est interné une seconde fois ; Guy publie un roman, *Fort comme la mort*, dans lequel il introduit le thème du suicide. Le conte intitulé *L'Endormeuse* interroge la meilleure façon de se donner la mort. Acquisition d'un nouveau voilier, le *Bel-Ami II*.

1890

Dernier roman, *Notre cœur*. Un récit de voyages, un recueil de contes sortent, *L'Écho de Paris* publie *Qui sait ?* De plus en plus pessimiste, sous l'influence des lectures de Schopenhauer, « le plus grand saccageur de rêves qui ait passé sur la terre », Guy de Maupassant subit d'insupportables souffrances et ne distingue plus guère l'hallucination de la réalité.

1891

Les maux l'empêchent d'écrire, il tente de trouver un apaisement en se rendant à Nice, près de sa mère. Il rédige son testament.

1892

De retour à Paris, il tente de se suicider en janvier, son valet le désarme à temps. Vaincu par le délire et la paralysie, Maupassant est interné à Passy, dans la clinique du docteur Blanche.

1893

Le 6 juillet, mort de Maupassant, enterrement au cimetière du Montparnasse (Paris). Ses parents lui survivent, son père jusqu'en 1899, sa mère jusqu'en 1904.

CONTEXTES

Le cadre historique, politique et idéologique

Le règne de l'argent

En France, la littérature du XIXe siècle brosse de nombreux portraits de Juifs parvenus au sommet de l'entreprise capitaliste : c'est le cas de Nucingen chez Balzac, de Busch chez Zola, du Walter de *Bel-Ami*, de l'Andermatt de *Mont-Oriol*. Maupassant, quelles que soient ses sympathies personnelles, n'épargne dans ses romans aucune catégorie de la population et pas plus les juifs que les autres. Walter, directeur de *La Vie française*, se montre avare et s'entend à tirer profit de l'exploitation coloniale, Andermatt et Christiane « sont de races trop dissemblables ». L'influence de tous les milieux d'affaires est incontestable, elle s'exerce notamment dans la sphère de la banque et dans les milieux de la presse, le quatrième pouvoir, dont les échos marquent l'opinion, les campagnes font et défont les élections, une presse attelée à la politique et à la finance.

Jean-Louis Bory remarque que la lutte opposant la banque Rothschild et l'Union générale n'est qu'une variante des guerres de religion. Les capitalistes spéculent, Guizot lance un nouveau mot d'ordre : « Enrichissez-vous ! » et l'aristocratie s'efface devant le demi-monde de *Swann*. L'argent est le moteur de la seconde moitié du XIXe, et Maupassant le rencontre partout, à Paris, bien sûr, mais aussi à Chatelguyon et même à Cannes où il retrouve la même société, la même classe en train d'asseoir sa fortune. Lui-même est un homme d'affaires redoutable, il n'est qu'à voir la manière dont il traite avec ses éditeurs.

La IIIe République a beau chanter *Le Temps des cerises*, l'or monte, la bourse fleurit et les scandales éclatent, Panama par exemple. Symbole de l'industrie naissante, la tour Eiffel : triomphe de l'ingénieur sur l'architecte. Contre le « hideux » monument aux poutres de fer, Maupassant signe avec

Gounod, Coppée et Leconte de l'Isle un manifeste condamnant « le squelette disgracieux dont la base semble faite pour porter un formidable monument de cyclope et qui avorte en un ridicule et mince profil de cheminée d'usine ». On dit que Maupassant quitte Paris, en partie, pour réagir contre cette tour Eiffel dont la laideur l'insupporte.

Les aléas de la vie politique

À Paris, le prince Pierre Bonaparte tire sur le journaliste Victor Noir et l'atteint mortellement ; le 12 janvier 1870, jour des obsèques, la foule manifeste et Bonaparte est acquitté. Le 8 mai 1870, le gouvernement organise un plébiscite sur ses réformes. Paris conteste la politique de Napoléon III, un million cinq cent mille votants se disent mécontents de son action. À Berlin, Bismarck veut en découdre avec la France, des propos injurieux suscitent la colère des Français, le 16 juillet, ils déclarent la guerre et Maupassant s'engage volontairement. L'Alsace est rapidement envahie, l'armée française essuie de graves revers, Napoléon III est fait prisonnier. Paris proclame la République sur le parvis de l'Hôtel de Ville ; en janvier 1871, la capitale est attaquée à son tour, elle ne résistera que vingt-trois jours. Thiers abandonne l'Alsace-Lorraine à l'administration allemande et verse une indemnité de cinq milliards de francs.

De 1873 à 1879, Mac-Mahon instaure un gouvernement dit d'Ordre moral, et Maupassant fustige « l'imbécillité solennelle de ce crétin » et vitupère dans une lettre du 10 décembre 1877 : « Je demande la suppression des classes dirigeantes ; de ce ramassis de beaux messieurs stupides qui batifolent dans les jupes de cette vieille traînée dévote et bête qu'on appelle bonne société. Ils fourrent le doigt dans son vieux... en murmurant que la société est en péril, que la liberté de penser les menace. »

En 1881, Gambetta prend la présidence du Conseil, l'Union générale s'effondre l'année suivante, l'Allemagne, l'Autriche et l'Italie s'unissent au sein de la Triple Alliance. Grévy président de la République, Jules Ferry devient ministre de l'Instruction publique ; le premier doit démissionner en 1887 sous l'effet d'un scandale, son gendre Wilson vend... les Légions d'honneur à qui mieux mieux ! Sadi Carnot lui succède, et le général Boulanger s'agite dans son opposition au régime parlementaire ; bonapartistes et monarchistes lui emboîtent le pas.

De ce panorama politique guère reluisant, Guy de Maupassant peut écrire : « Quand on voit de près le suffrage universel et les gens qu'il nous donne, on a envie de mitrailler le peuple et de guillotiner ses représentants. » Flaubert partage la même opinion.

L'Empire colonial

Cette époque voit la Tunisie passer sous protectorat français à la faveur d'une expédition militaire, les guerres du Tonkin et de Madagascar, bombardée par les Français en 1883, une opposition à la politique coloniale dont Maupassant est l'un des représentants. La France rivalise avec les autres pays d'Europe dans la course à l'industrialisation ; il lui faut trouver de nouvelles ressources, en d'autres termes, exploiter de nouveaux gisements de matières premières.

En juillet 1881, Maupassant part comme reporter au Maghreb pour le compte du *Gaulois*, le Sud oranais s'est soulevé contre l'empire français. Le voyage est l'occasion d'une prise de conscience et Guy s'interroge : « L'indigène se révolte, dites-vous. Mais est-il vrai qu'on l'exproprie et qu'on lui paie ses terres au centième de ce qu'elles valent ? » Le chroniqueur oscille, les terres ne seront-elles pas mieux exploitées par les colons que par les Arabes ? De l'autre point de vue, les expéditions guerrières sont-elles excusables ?

Est-il excusable, le mécanisme financier mis en branle contre la Tunisie ? Sous le second Empire, le bey de Tunis avait contracté un emprunt auprès de la banque Erlanger, laquelle lui avait imposé un taux d'intérêt si fort qu'il ne put s'acquitter de sa dette. La France avait alors envoyé une commission chargée d'encaisser les revenus du pays, au profit exclusif de la métropole, « Vols de vautours : des commerçants marseillais achètent des hectares par milliers à des prix défiant (en effet !) toute concurrence ; implantation des capitaux européens ; Italiens et Français se partagent les exploitations ferroviaires et portuaires. Sans que la Tunisie, bien sûr, puisse se délivrer de sa dette ! » (Jean-Louis Bory, préface de l'édition Folio de *Bel-Ami*.)

« La balançoire guerrière », dit Maupassant, se met en route, le bey capitule et la France occupe la Tunisie en garantissant la dette dont les obligations préalablement rachetées par le milieu politico-financier parisien grimpent en bourse.

La collusion de la presse, de l'argent et du pouvoir

Le monde de la bourgeoisie financière s'allie à la vieille noblesse ; ils contractent souvent des mariages : une Rothschild épouse un duc de Gramont, une Ephrussi un Faucigny-Lucinge. Des femmes d'influence agissent dans les milieux politiques : Léonie Léon chez Gambetta, Juliette Adam auprès du Tout- Paris, Madame Renaud de l'Ariège dans le milieu républicain, Jeanne Thilda dans les cabinets ministériels. Journaliste à *Gil Blas* et au *Gaulois*, Guy de Maupassant est un observateur de tout premier plan, aussi entend-il ne jamais appartenir à aucun parti et rejette-t-il tout ensemble l'armée, la spéculation capitaliste et le suffrage universel.

Bel-Ami stigmatise cette faune affamée de finance. *Bel-Ami*, c'est avant tout l'arrivisme glorieux d'un imbécile, journaliste sans talent dans un organe de presse à la botte des pouvoirs en place. Georges Duroy, planqué là, est un ancien sous-officier de la Coloniale ; il se souvient avec fierté d'une expédition punitive meurtrière contre les Ouled-Alane et du butin qu'en lâche authentique il a ramené sous l'uniforme.

VIE	ŒUVRES
1850 Le 5 août, naissance de Guy de Maupassant.	
1856 Naissance de son frère, Hervé.	
1863-1868 Pensionnaire au séminaire d'Yvetot.	
1868-1869 Bachelier. À Rouen, fréquente Louis Bouilhet et Gustave Flaubert.	
1870 Mobilisé.	
1872 Fonctionnaire au ministère de la Marine. S'adonne au canotage.	
	1875 *La Main d'écorché* paraît dans *L'Almanach de Pont-à-Mousson* sous le pseudonyme de Joseph Prunier.
1878	

Événements culturels et artistiques	Événements historiques et politiques
1856 Flaubert, *Madame Bovary*. **1857** Baudelaire, *Les Fleurs du mal*. Manifeste *Le Réalisme* de Champfleury. **1862** Flaubert, *Salammbô*. **1869** Flaubert, *l'Éducation sentimentale*.	
	1870 La France déclare la guerre à la Prusse. Napoléon III est fait prisonnier, la République est proclamée. **1871** Paris capitule. Thiers chef de l'Exécutif. Abandon de l'Alsace et de la Lorraine ; Thiers lance un emprunt pour la libération anticipée du pays. Commune de Paris.
	1873 Gouvernement d'Ordre moral de Mac-Mahon.
1874 Première exposition impressionniste.	
1877 Flaubert, les *Trois Contes*.	**1877** Dissolution de l'Assemblée nationale. Mac-Mahon conserve la présidence du Conseil.

Vie	Œuvres
Fonctionnaire au ministère de l'Instruction publique. Premiers troubles. Il contracte la syphilis.	
1880 Le 8 mai, mort de Flaubert.	**1880** *Boule-de-suif.*
1881 Reporter en Afrique du Nord pour *Le Gaulois.*	**1881** *La Maison Tellier.*
	1882 *Mademoiselle Fifi.*
1883 François Tassart entre au service de Maupassant.	**1883** *Apparition, Lui ?, La Main, Une Vie, Les Contes de la bécasse.*
1884 Il suit les cours de Charcot à la Salpêtrière.	**1884** *La Peur. Un fou ?, Clair de Lune, Yvette.*
1885 Voyage en Italie.	**1885** *Les Contes du jour et de la nuit. Bel Ami.*
1886 Maladie.	**1886** Première version du *Horla. Toine.*
1887 Voyage en Algérie et Tunisie.	**1887** *Le Horla. Mont-Oriol.*
1888 Voyage en Méditerranée.	**1888** *Pierre et Jean. Le Rosier de Mme Husson.*
1889 Maladie d'Hervé.	**1889** *Fort comme la mort. La Main gauche.*
1890 La paralysie gagne Maupassant.	**1890** *Qui sait ?*
1891 Séjour à Nice auprès de sa mère.	
1892 Tentative de suicide. Internement.	
1893 Le 6 juillet, mort de l'écrivain.	

ÉVÉNEMENTS CULTURELS ET ARTISTIQUES	ÉVÉNEMENTS HISTORIQUES ET POLITIQUES
1879 Zola, *Nana*.	1879 Mac-Mahon démissionne. Grévy président.
1880 *Les Soirées de Médan*. Schopenhauer est traduit en France.	
	1881 Gouvernement Gambetta.
1882 Huysmans, *À vau l'eau*.	1882 Mort de Gambetta. Krach de l'Union générale.
	1883 Ministère Jules Ferry. Guerre du Tonkin.
1884 Huysmans, *À Rebours*.	1884 Guerre de Madagascar.
1885 Zola, *Germinal*.	1885 Jules Ferry réélu président. Fin du ministère Jules Ferry. Madagascar sous protectorat français.
	1887 Scandale des décorations, Grévy démissionne. Sadi Carnot président de la République.
	1888 Boulangisme.
1889 Exposition universelle.	

GENÈSE
DE L'ŒUVRE

Pour Guy de Maupassant le conteur, la Normandie est le livre ouvert, la genèse la plus importante de son œuvre : une centaine de contes s'y déroulent, soit un tiers environ de son abondante production. Quelle Normandie ? Le pays de Caux, sa terre d'enfance et sa première inspiration, celle qui contraste tellement et si heureusement avec l'univers étriqué des bureaux parisiens. Mais dans cette terre aimée se pose d'emblée à son esprit l'angoisse de la filiation, thème qu'il ne cessera d'interroger, enfin, le caractère normand que l'on dit avare à l'excès inspire à l'auteur une question qui rejoint trop bien ses préoccupations personnelles, l'argent.

Natures normandes

Maupassant est un visuel, un maître de la lumière normande. Le premier conte, *Un réveillon*, l'atteste, qui décline toutes les nuances lumineuses d'une nuit de décembre ; c'est à un écrivain impressionniste, amoureux de l'eau, que nous avons affaire. Sur la côte septentrionale de la Normandie et dans l'arrière-pays : le meilleur Maupassant traque là ses démons littéraires. Étretat a beau être la station à la mode des années 1850, Guy n'y vit, par choix, qu'aux côtés des humbles. Sa Normandie c'est la Seine inférieure (aujourd'hui Seine-Maritime), les cantons d'Yvetot, du Havre, du Tréport, d'Étretat, plus rarement la ville de Rouen. C'est le pays de Caux, un plateau crayeux barré de hautes falaises et parcouru de valleuses : vallées donnant sur la mer et formant entaille dans une falaise.

Qu'est-ce que la Normandie ? Un pays du Nord balayé d'un vent froid, le noroît ; d'immenses terres à céréales, une zone d'élevage prospère. Là vit un peuple issu de Vikings, et plus précisément descendant des Norvégiens, et ce peuple parle un patois, le cauchois. Une belle province, certainement, marquée par la rudesse de sa terre et l'inhospitalité de son climat, une terre à rigueurs et des éléments contre lesquels il a bien fallu lutter ou avec lesquels il a fallu composer. Même la Bretagne voisine est plus douce de quelques degrés ! La Normandie infinie est une terre d'ennui, une glèbe à rêveries, de celles qui finiront par enfoncer les pas d'une Emma Bovary dans un suicide lent. Pas une terre à jeunes filles donc, plutôt une plaine où braillent des géants carrure Maupassant, Flaubert, Barbey, La Varende. Depuis les temps médiévaux, cette plaine est une terre à poèmes : on ne peut qu'y vivre un lyrisme lucide.

Ici, les hommes se croisèrent, ici ferraillèrent les derniers chouans, et, dans les deux cas, leur engagement, s'il fut idéologique, attesta tout autant de leur esprit inné de la contradiction ! Sur le chevalet de Guy, les lumières froides des nuits de gel, les taches colorées des parcelles de blé ou de luzerne, le pommier penché sur la cour plantée, la masure de guingois, les travaux et les jours, la silhouette cassée d'un peuple que l'on prétend fieffé rusé, calculateur, avare et farceur, grivois dès que l'occasion lui en est donnée, et grand consommateur de cidre et de gnôle.

Ici l'on boit pour tromper le temps. Ou l'on écrit le petit peuple des contes de Maupassant, le facteur, le paysan, l'aubergiste, le curé, le notaire, ce dernier dépositaire des actes villageois et des noirceurs de l'âme.

La filiation

Ou l'obsession de la bâtardise... Ce mal passant de Guy, ce mauvais pensant, ne le dit-on pas fils naturel de Gustave Flaubert ? La mère est une belle intellectuelle roturière, le père, un dandy de noblesse déclassée, volage et libertin. D'épouvantables scènes de ménage marquent à jamais les deux fils de leur union, Guy et Hervé ; la séparation des époux Maupassant est inéluctable et de sordides questions d'argent et de pension s'y mêleront.

Sous la plume de Guy, l'homme et la femme vivent rarement ensemble, disons qu'ils vivent plutôt l'un à côté de l'autre,

sans se voir vraiment, et ceci est vrai des couples qui nous occupent à travers ce recueil. L'un est plus soucieux de ses droits de chasse que de sa nuit de noces, l'autre se débarrasse d'une maîtresse trop fidèle, et le père Hautot cache ses amours de veuvage en même temps que sa paternité illicite dans le grand Rouen. L'amour passionné semble voué à l'échec, ainsi périssent les amants de la cabane de berger.
Dans la sensibilité de Maupassant, homme et femme appartiennent à deux races différentes, voyez par exemple ce qui sépare dans *L'Abandonné* un M. d'Apreval d'une Mme de Cadour. D'un côté, l'implacable calcul de qui veut sauver les apparences, de l'autre, l'instinct maternel qui ne connaît ni convenances ni contenances.
Les contes ne cesseront de revenir à l'abandon : *Le Bâtard*, *Histoire d'une fille de ferme*, *Le Papa de Simon*, *L'Aveu*... Louis Forestier affirme que ce qui intéresse Maupassant dans la naissance, c'est « le devenir du produit des rencontres du couple ». Ici la littérature se mue en science objective, en observation sans éthique ne considérant l'existence – la vie ! - que dans les seuls termes et sous les traits exclusifs d'une aventure moléculaire. Pas de place pour l'affection là-dedans, pas de temps pour les sentiments dans cette nativité naturaliste. L'aveu de Céleste vaut surtout en ce qu'il va lui permettre d'économiser plusieurs mois de voyages dans la guimbarde de Polyte, cocher fautif. Parfois, le produit se révolte contre sa condition de produit, c'est-à-dire, de hasard, et Charlot reproche à sa mère son affection, il aurait payé cher pour être le voisin Vallin, ce petit Jean qu'une aristocrate capricieuse en mal de maternité achètera à sa famille en mal d'argent.
Moralité : le destin ne vaut guère mieux qu'une loterie. Qu'un jeu d'argent...

Les questions d'argent

L'argent arrange tout. On peut payer pour renvoyer une servante trop zélée, et même lui acheter un mari (*Histoire vraie*). L'acheter dans les deux sens du terme : lui faire miroiter quelque amélioration de son quotidien et payer du même coup le prix de son silence. Dans le même ordre d'idée, on peut martyriser un chien parce qu'il coûte trop cher en nourriture. Décidément, dans cet univers de Maupassant, le sentiment de fidélité est bien mal récompensé. Tout s'achète à cieux ouverts, même un enfant (*Aux champs*), à moins qu'on ne le renie (*L'Abandonné*), mais toujours en lui garantissant à vie une existence matérielle convenable.

Un notaire s'empare de la dot de sa jeune épouse, maître Chicot convoite les terres de sa voisine, la convainc de signer un arrangement chez le notaire et s'arrange pour la faire sombrer dans l'alcool pour la faire disparaître plus vite.

Hautot père installe sa maîtresse et leur fils dans l'anonymat d'une grande ville ; vient-il à mourir d'un banal accident de chasse qu'Hautot fils ira les retrouver chaque semaine dans la clandestinité. Seulement, nous ne sommes pas assez attentifs au titre du récit, Hautot père et fils...

HAUTOT PÈRE ET FILS, cela sonne comme l'enseigne ou la raison sociale d'une petite société anonyme à responsabilité limitée. Anonyme, le jeune Émile ne portera jamais le nom d'Hautot ; à responsabilité limitée, on peut assurer à Caroline Donet et à son bâtard le couvert et le gîte, mais il n'est pas question de les installer au vu et au su de tout le village dans l'opulente ferme seigneuriale.

Derrière tout cela, l'auteur ne porte aucun jugement de valeur. Maupassant le Normand publie ses histoires dans les journaux parisiens qui le paient assez grassement pour distraire sans le choquer un lectorat argenté.

Guy de Maupassant.

Un réveillon,
contes et nouvelles de Normandie

MAUPASSANT

contes et nouvelles

publiés pour la première fois
de 1882 à 1889

Le Château du Bec en Haute Normandie *(détail)*.
Dessin de Jean-Jacques Champin (1796-1860).

UN RÉVEILLON

JE NE SAIS PLUS au juste l'année. Depuis un mois entier je chassais avec emportement, avec une joie sauvage, avec cette ardeur qu'on a pour les passions nouvelles.

J'étais en Normandie, chez un parent non marié, Jules de Banneville, seul avec lui, sa bonne, un valet et un garde dans son château seigneurial. Ce château, vieux bâtiment grisâtre entouré de sapins gémissants, au centre de longues avenues de chênes où galopait le vent, semblait abandonné depuis des siècles. Un antique mobilier habitait seul les pièces toujours fermées, où jadis ces gens dont on voyait les portraits accrochés dans un corridor[1] aussi tempétueux que les avenues recevaient cérémonieusement les nobles voisins.

Quant à nous, nous nous étions réfugiés simplement dans la cuisine, seul coin habitable du manoir[2], une immense cuisine dont les lointains sombres s'éclairaient quand on jetait une bourrée nouvelle dans la vaste cheminée. Puis, chaque soir, après une douce somnolence devant le feu, après que nos bottes trempées avaient fumé longtemps et que nos chiens d'arrêt, couchés en rond entre nos jambes, avaient rêvé de chasse en aboyant comme des somnambules, nous montions dans notre chambre.

C'était l'unique pièce qu'on eût fait plafonner et plâtrer partout, à cause des souris. Mais elle était demeurée nue, blanchie seulement à la chaux, avec des fusils, des fouets à chiens et des cors de chasse accrochés aux murs ; et nous nous glissions grelottants dans nos lits, aux deux coins de cette case sibérienne.

1. **Corridor :** couloir.
2. **Manoir :** vaste demeure campagnarde à laquelle des terres sont attachées (du latin *maneo*, je reste).

À une lieue[1] en face du château, la falaise à pic tombait dans la mer ; et les puissants souffles de l'Océan, jour et nuit, faisaient soupirer les grands arbres courbés, pleurer le toit et les girouettes, crier tout le vénérable bâtiment, qui s'emplissait de vent par ses tuiles disjointes, ses cheminées larges comme des gouffres, ses fenêtres qui ne fermaient plus.

Ce jour-là il avait gelé horriblement. Le soir était venu. Nous allions nous mettre à table devant le grand feu de la haute cheminée où rôtissaient un râble de lièvre flanqué[2] de deux perdrix qui sentaient bon.

Mon cousin leva la tête : « Il ne fera pas chaud en se couchant », dit-il.

Indifférent, je répliquai : « Non, mais nous aurons du canard aux étangs demain matin. »

La servante, qui mettait notre couvert à un bout de la table et celui des domestiques à l'autre bout, demanda : « Ces messieurs savent-ils que c'est ce soir le réveillon ? »

Nous n'en savions rien assurément, car nous ne regardions guère le calendrier. Mon compagnon reprit : « Alors c'est ce soir la messe de minuit. C'est donc pour cela qu'on a sonné toute la journée ! »

La servante répliqua : « Oui et non, monsieur ; on a sonné aussi parce que le père Fournel est mort. »

Le père Fournel, ancien berger, était une célébrité du pays. Âgé de quatre-vingt-seize ans, il n'avait jamais été malade jusqu'au moment où, un mois auparavant, il avait pris froid, étant tombé dans une mare par une nuit obscure. Le lendemain il s'était mis au lit. Depuis lors il agonisait.

Mon cousin se tourna vers moi : « Si tu veux, dit-il, nous irons tout à l'heure voir ces pauvres gens. » Il voulait parler de la famille du vieux, son petit-fils, âgé de cinquante-huit ans, et sa petite belle-fille, d'une année plus jeune. La génération intermédiaire n'existait déjà plus depuis longtemps. Ils

1. **Lieue :** ancienne mesure de distance équivalant à 4 km.
2. **Flanqué :** entouré, sur chaque flanc.

habitaient une lamentable masure[1], à l'entrée du hameau, sur la droite.

Mais je ne sais pourquoi cette idée de Noël, au fond de cette solitude, nous mit en humeur de causer. Tous les deux, en tête-à-tête, nous nous racontions des histoires de réveillons anciens, des aventures de cette nuit folle, les bonnes fortunes passées et les réveils du lendemain, les réveils à deux avec leurs surprises hasardeuses, l'étonnement des découvertes.

De cette façon, notre dîner dura longtemps. De nombreuses pipes le suivirent ; et, envahis par ces gaietés de solitaires, des gaietés communicatives qui naissent soudain entre deux intimes amis, nous parlions sans repos, fouillant en nous pour nous dire ces souvenirs confidentiels du cœur qui s'échappent en ces heures d'effusion.

La bonne, partie depuis longtemps, reparut : « Je vais à la messe, monsieur.

– Déjà !

– Il est minuit moins trois quarts.

– Si nous allions aussi jusqu'à l'église ? demanda Jules, cette messe de Noël est bien curieuse aux champs. »

J'acceptai, et nous partîmes, enveloppés en nos fourrures de chasse.

Un froid aigu piquait le visage, faisait pleurer les yeux. L'air cru[2] saisissait les poumons, desséchait la gorge. Le ciel profond, net et dur, était criblé d'étoiles qu'on eût dites pâlies par la gelée ; elles scintillaient non point comme des feux, mais comme des astres de glace, des cristallisations brillantes. Au loin, sur la terre d'airain[3], sèche et retentissante, les sabots des paysans sonnaient ; et, par tout l'horizon, les petites cloches des villages, tintant, jetaient leurs notes grêles comme frileuses aussi, dans la vaste nuit glaciale.

1. **Masure :** bâtiment tombé en ruine.
2. **Cru :** ici, vif.
3. **Airain :** alliage de cuivre et d'étain, sonore.

La campagne ne dormait point. Des coqs, trompés par ces bruits, chantaient ; et en passant le long des étables, on entendait remuer les bêtes troublées par ces rumeurs de vie.

En approchant du hameau, Jules se ressouvint des Fournel. « Voici leur baraque, dit-il : entrons ! »

Il frappa longtemps en vain. Alors une voisine, qui sortait de chez elle pour se rendre à l'église, nous ayant aperçus : « Ils sont à la messe, messieurs ; ils vont prier pour le père.

– Nous les verrons en sortant », dit mon cousin.

La lune à son déclin profilait au bord de l'horizon sa silhouette de faucille au milieu de cette semaille infinie de grains luisants jetés à poignée dans l'espace. Et par la campagne noire, des petits feux tremblants s'en venaient de partout vers le clocher pointu qui sonnait sans répit. Entre les cours des fermes plantées d'arbres, au milieu des plaines sombres, ils sautillaient, ces feux, en rasant la terre. C'étaient des lanternes de corne que portaient les paysans devant leurs femmes en bonnet blanc, enveloppées de longues mantes noires, et suivies des mioches mal éveillés, se tenant la main dans la nuit.

Par la porte ouverte de l'église, on apercevait le chœur illuminé. Une guirlande de chandelles d'un sou[1] faisait le tour de la nef[2] ; et par terre, dans une chapelle à gauche, un gros Enfant-Jésus étalait sur de la vraie paille, au milieu des branches de sapin, sa nudité rose et maniérée[3].

L'office commençait. Les paysans courbés, les femmes à genoux, priaient. Ces simples gens, relevés par la nuit froide, regardaient, tout remués, l'image grossièrement peinte, et ils joignaient les mains, naïvement convaincus autant qu'intimidés par l'humble splendeur de cette représentation puérile.

1. **Un sou :** ancienne monnaie équivalant à cinq centimes.
2. **Nef :** l'allée principale d'une église.
3. **Maniérée :** ici, qui rappelle le style maniéré, entre la Renaissance et le baroque italiens.

L'air glacé faisait palpiter les flammes. Jules me dit : « Sortons ! on est encore mieux dehors. »

Et sur la route déserte, pendant que tous les campagnards prosternés grelottaient dévotement, nous nous mîmes à recauser de nos souvenirs, si longtemps que l'office était fini quand nous revînmes au hameau.

Un filet de lumière passait sous la porte des Fournel. « Ils veillent leur mort, dit mon cousin. Entrons enfin chez ces pauvres gens, cela leur fera plaisir. »

Dans la cheminée, quelques tisons agonisaient. La pièce noire, vernie de saleté, avec ses solives[1] vermoulues brunies par le temps, était pleine d'une odeur suffocante de boudin grillé. Au milieu de la grande table, sous laquelle la huche au pain s'arrondissait comme un ventre dans toute sa longueur, une chandelle, dans un chandelier de fer tordu, filait jusqu'au plafond l'âcre fumée de sa mèche en champignon. – Et les deux Fournel, l'homme et la femme, réveillonnaient en tête-à-tête.

Mornes, avec l'air navré et la face abrutie des paysans, ils mangeaient gravement sans dire un mot. Dans une seule assiette, posée entre eux, un grand morceau de boudin dégageait sa vapeur empestante. De temps en temps, ils en arrachaient un bout avec la pointe de leur couteau, l'écrasaient sur leur pain qu'ils coupaient en bouchées, puis mâchaient avec lenteur.

Quand le verre de l'homme était vide, la femme, prenant la cruche au cidre, le remplissait.

À notre entrée, ils se levèrent, nous firent asseoir, nous offrirent de « faire comme eux », et, sur notre refus, se remirent à manger.

Au bout de quelques minutes de silence, mon cousin demanda : « Eh bien, Anthime, votre grand-père est mort ?

– Oui, mon pauv'monsieur, il a passé tantôt. »

1. **Solives :** pièces de charpente s'appuyant sur les poutres.

Le silence recommença. La femme, par politesse, moucha la chandelle[1]. Alors, pour dire quelque chose, j'ajoutai : « Il était bien vieux. »

Sa petite belle-fille de cinquante-sept ans reprit :

« Oh ! son temps était terminé, il n'avait plus rien à faire ici. »

Soudain, le désir me vint de regarder le cadavre de ce centenaire, et je priai qu'on me le montrât.

Les deux paysans, jusque-là placides, s'émurent brusquement. Leurs yeux inquiets s'interrogèrent, et ils ne répondirent pas.

Mon cousin, voyant leur trouble, insista.

L'homme alors, d'un air soupçonneux et sournois, demanda : « À quoi qu'ça vous servirait ?

– À rien, dit Jules, mais ça se fait tous les jours ; pourquoi ne voulez-vous pas le montrer ? »

Le paysan haussa les épaules. « Oh ! moi, j'veux ben ; seulement, à c'te heure-ci, c'est malaisé. »

Mille suppositions nous passaient dans l'esprit. Comme les petits-enfants du mort ne remuaient toujours pas, et demeuraient face à face, les yeux baissés, avec cette tête de bois des gens mécontents, qui semble dire : « Allez-vous-en », mon cousin parla avec autorité : « Allons, Anthime, levez-vous, et conduisez-nous dans sa chambre. » Mais l'homme, ayant pris son parti, répondit d'un air renfrogné : « C'est pas la peine, il n'y est pu, monsieur.

– Mais alors, où donc est-il ? »

La femme coupa la parole à son mari : « J'vas vous dire : j'l'avons mis jusqu'à d'main dans la huche, parce que j'avions point d'place. »

Et, retirant l'assiette au boudin, elle leva le couvercle de leur table, se pencha avec la chandelle pour éclairer l'intérieur du grand coffre béant au fond duquel nous aperçûmes

1. **Moucher la chandelle :** éteindre une flamme entre ses doigts.

quelque chose de gris, une sorte de long paquet d'où sortait, par un bout, une tête maigre avec des cheveux blancs ébouriffés, et, par l'autre bout, deux pieds nus.

C'était le vieux, tout sec, les yeux clos, roulé dans son manteau de berger, et dormant là son dernier sommeil, au milieu d'antiques et noires croûtes de pain, aussi séculaires que lui.

Ses enfants avaient réveillonné dessus !

Jules, indigné, tremblant de colère, cria : « Pourquoi ne l'avez-vous pas laissé dans son lit, manants[1] que vous êtes ? »

Alors la femme se mit à larmoyer, et très vite : « J'vas vous dire, mon bon monsieur, j'avons qu'un lit dans la maison. J'couchions avec lui auparavant puisque j'étions qu'trois. D'puis qu'il est si malade, j'couchons par terre ; c'est dur, mon brave monsieur, dans ces temps ici. Eh ben, quand il a été trépassé, tantôt, j'nous sommes dit comme ça : Puisqu'il n'souffre pu, c't'homme, à quoi qu'ça sert de l'laisser dans le lit ? j'pouvons ben l'mettre jusqu'à d'main dans la huche, et je r'prendrions l'lit c'te nuit qui s'ra si froide. J'pouvions pourtant pas coucher avec ce mort, mes bons messieurs !... »

Mon cousin, exaspéré, sortit brusquement en claquant la porte, tandis que je le suivais, riant aux larmes.

Première publication
dans le journal *Gil Blas*, 5 janvier 1882.
Repris dans le volume *Mademoiselle Fifi*, en 1882.

1. **Manants :** habitants d'un bourg ou d'un village, vilains et roturiers ; emploi péjoratif ici.

REPÈRES

- Où et quand l'action se déroule-t-elle ?
- Le narrateur a-t-il une idée précise sur la date de l'événement ?
- Qui lui rappelle que ce soir est soir de réveillon ?
- Quelle information déclenche l'action du conte ? Situez-la précisément dans le récit.

OBSERVATION

- Qui parle ? Le narrateur est-il ou non un personnage de l'action ?
- Le narrateur décrit-il précisément ce qu'il voit ou emploie-t-il un vocabulaire connoté qui laisse transparaître ses sentiments ?
- Dressez une fiche signalétique de chacun des personnages de ce récit.
- Étudiez le contraste entre la description du manoir de Jules de Banneville et celle de la masure des Fournel.
- Appréciez le contraste que forment ici la nuit et la lumière, quelle est sa valeur symbolique ?
- Comment le couple Fournel est-il décrit ?

INTERPRÉTATIONS

- Étudiez, dans l'ensemble du texte, l'opposition du monde des manants et de celui des hobereaux.
- Quelle conception du sacré les Fournel incarnent-ils en se rendant à la messe de minuit puis en rentrant réveillonner sur le cadavre du vieux ?
- Commentez la ligne 195 : « Ses enfants avaient réveillonné dessus ! »
- Maupassant ne fait-il pas ici la satire (voir Outils de lecture) du monde paysan ? Expliquez.

Le Saut du berger

De Dieppe au Havre, la côte présente une falaise ininterrompue, haute de cent mètres environ, et droite comme une muraille. De place en place, cette grande ligne de rochers blancs s'abaisse brusquement, et une petite vallée étroite, aux pentes rapides couvertes de gazon ras et de joncs marins, descend du plateau cultivé vers une plage de galet où elle aboutit par un ravin semblable au lit d'un torrent. La nature a fait ces vallées, les pluies d'orage les ont terminées par ces ravins, entaillant ce qui restait de falaise, creusant jusqu'à la mer le lit des eaux qui sert de passage aux hommes.

Quelquefois un village est blotti dans ces vallons, où s'engouffre le vent du large.

J'ai passé l'été dans une de ces échancrures de la côte, logé chez un paysan, dont la maison, tournée vers les flots, me laissait voir de ma fenêtre un grand triangle d'eau bleue encadrée par les pentes vertes du val, et tachée parfois de voiles blanches passant au loin dans un coup de soleil.

Le chemin allant vers la mer suivait le fond de la gorge, et brusquement s'enfonçait entre deux parois de marne, devenait une sorte d'ornière profonde, avant de déboucher sur une belle nappe de cailloux roulés, arrondis et polis par la séculaire caresse des vagues.

Ce passage encaissé s'appelle le « Saut du Berger ». Voici le drame qui l'a fait ainsi nommer :

On raconte qu'autrefois ce village était gouverné par un jeune prêtre austère et violent. Il était sorti du séminaire plein de haine pour ceux qui vivent selon les lois naturelles et non suivant celles de son Dieu. D'une inflexible sévérité pour lui-même, il se montra pour les autres d'une implacable intolérance ; une chose surtout le soulevait de colère et de dégoût :

l'amour. S'il eût vécu dans les villes, au milieu des civilisés et des raffinés qui dissimulent derrière les voiles délicats du sentiment et de la tendresse, les actes brutaux que la nature commande, s'il eût confessé dans l'ombre des grandes nefs élégantes les pécheresses parfumées dont les fautes semblent adoucies par la grâce de la chute et l'enveloppement d'idéal autour du baiser matériel, il n'aurait pas senti peut-être ces révoltes folles, ces fureurs désordonnées qu'il avait en face de l'accouplement malpropre des loqueteux[1] dans la boue d'un fossé ou sur la paille d'une grange.

Il les assimilait aux brutes, ces gens-là qui ne connaissaient point l'amour, et qui s'unissaient seulement à la façon des animaux ; et il les haïssait pour la grossièreté de leur âme, pour le sale assouvissement de leur instinct, pour la gaieté répugnante des vieux lorsqu'ils parlaient encore de ces immondes plaisirs.

Peut-être aussi était-il, malgré lui, torturé par l'angoisse d'appétits inapaisés et sourdement travaillé par la lutte de son corps révolté contre un esprit despotique et chaste.

Mais tout ce qui touchait à la chair l'indignait, le jetait hors de lui ; et ses sermons violents, pleins de menaces et d'allusions furieuses, faisaient ricaner les filles et les gars qui se coulaient des regards en dessous à travers l'église ; tandis que les fermiers en blouse bleue et les fermières en mante[2] noire se disaient au sortir de la messe, en retournant vers la masure dont la cheminée jetait sur le ciel un filet de fumée bleue : « I' ne plaisante pas là-dessus, mo'sieu le curé. »

Une fois même et pour rien il s'emporta jusqu'à perdre la raison. Il allait voir une malade. Or, dès qu'il eut pénétré dans la cour de la ferme, il aperçut un tas d'enfants, ceux de la maison et ceux des voisins, attroupés autour de la niche du chien. Ils regardaient curieusement quelque chose, immobiles, avec une attention concentrée et muette. Le prêtre

1. **Loqueteux :** vêtus de haillons.
2. **Mante :** ample manteau de femme, sans manches.

s'approcha. C'était la chienne qui mettait bas. Devant sa niche, cinq petits grouillaient autour de la mère qui les léchait avec tendresse, et, au moment où le curé allongeait sa tête par-dessus celles des enfants, un sixième petit toutou parut. Tous les galopins alors, saisis de joie, se mirent à crier en battant des mains : « En v'là encore un, en v'là encore un ! » C'était un jeu pour eux, un jeu naturel où rien d'impur n'entrait ; ils contemplaient cette naissance comme ils auraient regardé tomber des pommes. Mais l'homme à la robe noire fut crispé d'indignation, et la tête perdue, levant son grand parapluie bleu, il se mit à battre les enfants. Ils s'enfuirent à toutes jambes. Alors lui, se trouvant seul en face de la chienne en gésine[1], frappa sur elle à tour de bras Enchaînée elle ne pouvait s'enfuir, et comme elle se débattait en gémissant, il monta dessus, l'écrasant sous ses pieds, lui fit mettre au monde un dernier petit, et il l'acheva à coups de talon. Puis il laissa le corps saignant au milieu des nouveau-nés, piaulants et lourds, qui cherchaient déjà les mamelles.

Il faisait de longues courses, solitairement, à grands pas, avec un air sauvage.

Or, comme il revenait d'une promenade éloignée, un soir du mois de mai, et qu'il suivait la falaise en regagnant le village, un grain[2] furieux l'assaillit Aucune maison en vue, partout la côte nue que l'averse criblait de flèches d'eau.

La mer houleuse roulait ses écumes ; et les gros nuages sombres accouraient de l'horizon avec des redoublements de pluie. Le vent sifflait, soufflait, couchait les jeunes récoltes, et secouait l'abbé ruisselant, collait à ses jambes la soutane traversée, emplissait de bruit ses oreilles et son cœur exalté de tumulte.

Il se découvrit, tendant son front à l'orage, et peu à peu il approchait de la descente sur le pays. Mais une telle rafale l'atteignit qu'il ne pouvait plus avancer, et soudain, il

1. **En gésine :** en train d'accoucher.
2. **Grain :** pluie accompagnée de bourrasques.

aperçut auprès d'un parc à moutons la hutte ambulante d'un berger[1].

C'était un abri, il y courut.

Les chiens fouettés par l'ouragan ne remuèrent pas à son approche ; et il parvint jusqu'à la cabane en bois, sorte de niche perchée sur des roues, que les gardiens de troupeaux traînent, pendant l'été, de pâturage en pâturage.

Au-dessus d'un escabeau, la porte basse était ouverte, laissant voir la paille du dedans.

Le prêtre allait entrer quand il aperçut dans l'ombre un couple amoureux qui s'étreignait. Alors, brusquement, il ferma l'auvent et l'accrocha ; puis, s'attelant aux brancards, courbant sa taille maigre, tirant comme un cheval, et haletant sous sa robe de drap trempée, il courut, entraînant vers la pente rapide, la pente mortelle, les jeunes gens surpris enlacés, qui heurtaient la cloison du poing, croyant sans doute à quelque farce d'un passant.

Lorsqu'il fut au haut de la descente, il lâcha la légère demeure, qui se mit à rouler sur la côte inclinée.

Elle précipitait sa course, emportée follement, allant toujours plus vite, sautant, trébuchant comme une bête, battant la terre de ses brancards.

Un vieux mendiant blotti dans un fossé la vit passer, d'un élan, sur sa tête et il entendit des cris affreux poussés dans le coffre de bois.

Tout à coup elle perdit une roue arrachée d'un choc, s'abattit sur le flanc, et se remit à dévaler comme une boule, comme une maison déracinée dégringolerait du sommet d'un mont, puis, arrivant au rebord du dernier ravin, elle bondit en décrivant une courbe et, tombant au fond, s'y creva comme un œuf.

On les ramassa l'un et l'autre, les amoureux, broyés, pilés, tous les membres rompus, mais étreints, tou-

1. **La hutte ambulante d'un berger :** cabane de berger montée sur roues, chantée par A. de Vigny, *La Maison du berger*.

jours, les bras liés aux cous dans l'épouvante comme pour le plaisir.

Le curé refusa l'entrée de l'église à leurs cadavres et sa bénédiction à leurs cercueils.

Et le dimanche, au prône[1], il parla avec emportement du septième commandement de Dieu[2], menaçant les amoureux d'un bras vengeur et mystérieux, et citant l'exemple terrible des deux malheureux tués dans leur péché.

Comme il sortait de l'église, deux gendarmes l'arrêtèrent.

Un douanier gîté dans un trou de garde avait vu. Il fut condamné aux travaux forcés.

Et le paysan dont je tiens cette histoire ajouta gravement : « Je l'ai connu, moi, monsieur. C'était un rude homme tout de même, mais il n'aimait pas la bagatelle[3]. »

Première publication
dans le journal *Gil Blas*, 9 mars 1882.
Repris dans le volume *Le Père Milon*, en 1899.

1. **Prône :** sermon.
2. **Le septième commandement de Dieu :** Exode, chapitre 20, « Tu ne convoiteras pas la femme de ton prochain. »
3. **Bagatelle :** l'amour physique considéré sans importance.

REPÈRES

- Où la scène se déroule-t-elle précisément ?
- Quel est le type de texte dominant des lignes 1 à 12 ?
- Quels types de textes identifiez-vous aux lignes 13 à 24 ?
- Où commence précisément le récit ?

OBSERVATION

- Qui parle ? Le narrateur est-il ou non un personnage du récit ?
- Étudiez le vocabulaire se rapportant au caractère du jeune prêtre. Que connote-t-il ?
- Lignes 41 à 46, commentez le vocabulaire utilisé pour évoquer l'amour physique. Le sentiment qu'il traduit est-il celui du narrateur ou bien celui du prêtre ?
- Dans la scène de la naissance des chiots (lignes 58 à 81), quel vocabulaire connote le sentiment du narrateur ? Qui est le sauvage de cet épisode ? Pourquoi ?
- Dans l'épisode du crime, quelle fonction la description du cadre et des intempéries joue-t-elle ?

INTERPRÉTATIONS

- Quels sont les éléments d'une satire de la religion ?
- En vous appuyant sur la scène finale, vous justifierez le titre de ce conte et commenterez l'emploi du mot berger.

Histoire vraie

Un grand vent soufflait au-dehors, un vent d'automne mugissant et galopant, un de ces vents qui tuent les dernières feuilles et les emportent jusqu'aux nuages.

Les chasseurs achevaient leur dîner, encore bottés, rouges, animés, allumés. C'étaient de ces demi-seigneurs normands, mi-hobereaux[1], mi-paysans, riches et vigoureux, taillés pour casser les cornes des bœufs lorsqu'ils les arrêtent dans les foires.

Ils avaient chassé tout le jour sur les terres de maître Blondel, le maire d'Éparville, et ils mangeaient maintenant autour de la grande table, dans l'espèce de ferme-château dont était propriétaire leur hôte.

Ils parlaient comme on hurle, riaient comme rugissent les fauves, et buvaient comme des citernes, les jambes allongées, les coudes sur la nappe, les yeux luisants sous la flamme des lampes, chauffés par un foyer formidable qui jetait au plafond des lueurs sanglantes ; ils causaient de chasse et de chiens. Mais ils étaient, à l'heure où d'autres idées viennent aux hommes, à moitié gris, et tous suivaient de l'œil une forte fille aux joues rebondies qui portait au bout de ses poings rouges les larges plats chargés de nourritures.

Soudain un grand diable qui était devenu vétérinaire après avoir étudié pour être prêtre, et qui soignait toutes les bêtes de l'arrondissement, M. Séjour, s'écria : « Crébleu, maît' Blondel, vous avez là une bobonne qui n'est pas piquée des vers. »

Et un rire retentissant éclata. Alors un vieux noble déclassé, tombé dans l'alcool, M. de Varnetot, éleva la voix : « C'est

1. **Hobereaux** : petits nobles des campagnes normandes.

moi qui ai eu jadis une drôle d'histoire avec une fillette comme ça ! Tenez, il faut que je vous la raconte. Toutes les fois que j'y pense, ça me rappelle Mirza, ma chienne, que j'avais vendue au comte d'Haussonnel et qui revenait tous les jours, dès qu'on la lâchait, tant elle ne pouvait me quitter. À la fin je m' suis fâché et j'ai prié l'comte de la tenir à la chaîne. Savez-vous c' qu'elle a fait c'te bête ? Elle est morte de chagrin.

Mais, pour en revenir à ma bonne, v'là l'histoire.

J'avais alors vingt-cinq ans et je vivais en garçon[1], dans mon château de Villebon. Vous savez, quand on est jeune, et qu'on a des rentes, et qu'on s'embête tous les soirs après dîner, on a l'œil de tous les côtés.

Bientôt je découvris une jeunesse[2] qui était en service chez Déboultot, de Cauville. Vous avez bien connu Déboultot, vous, Blondel ! Bref, elle m'enjôla si bien, la gredine, que j'allai un jour trouver son maître et je lui proposai une affaire. Il me céderait sa servante et je lui vendrais ma jument noire, Cocote, dont il avait envie depuis bientôt deux ans. Il me tendit la main : « Topez là, monsieur de Varnetot. » C'était marché conclu ; la petite vint au château et je conduisis moi-même à Cauville ma jument, que je laissai pour trois cents écus.

Dans les premiers temps, ça alla comme sur des roulettes. Personne ne se doutait de rien ; seulement Rose m'aimait un peu trop pour mon goût. C't'enfant-là, voyez-vous, ce n'était pas n'importe qui. Elle devait avoir quéqu' chose de pas commun dans les veines. Ça venait encore de quéqu' fille qui aura fauté avec son maître.

Bref, elle m'adorait. C'était des cajoleries, des mamours, des p'tits noms de chien, un tas d' gentillesses à me donner des réflexions.

1. **Vivre en garçon :** vivre en célibataire.
2. **Une jeunesse :** une jeune fille.

Je me disais : « Faut pas qu' ça dure, ou je me laisserai prendre ! » Mais on ne me prend pas facilement, moi. Je ne suis pas de ceux qu'on enjôle[1] avec deux baisers. Enfin j'avais l'œil ; quand elle m'annonça qu'elle était grosse[2].

Pif ! pan ! c'est comme si on m'avait tiré deux coups de fusil dans la poitrine. Et elle m'embrassait, elle m'embrassait, elle riait, elle dansait, elle était folle, quoi ! Je ne dis rien le premier jour ; mais, la nuit, je me raisonnais. Je pensai : « Ça y est ; mais faut parer le coup, et couper le fil, il n'est que temps. » Vous comprenez, j'avais mon père et ma mère à Barneville, et ma sœur mariée au marquis d'Yspare, à Rollebec, à deux lieues de Villebon. Pas moyen de blaguer.

Mais comment me tirer d'affaire ? Si elle quittait la maison, on se douterait de quelque chose et on jaserait. Si je la gardais, on verrait bientôt l'bouquet ; et puis, je ne pouvais la lâcher comme ça.

J'en parlai à mon oncle, le baron de Creteuil, un vieux lapin[3] qui en a connu plus d'une, et je lui demandai un avis. Il me répondit tranquillement : « Il faut la marier, mon garçon. »

Je fis un bond. « La marier, mon oncle, mais avec qui ! »

Il haussa doucement les épaules : « Avec qui tu voudras, c'est ton affaire et non la mienne. Quand on n'est pas bête on trouve toujours. »

Je réfléchis bien huit jours à cette parole, et je finis par me dire à moi-même : « Il a raison, mon oncle. »

Alors, je commençai à me creuser la tête et à chercher ; quand un soir le juge de paix, avec qui je venais de dîner, me dit : « Le fils de la mère Paumelle vient encore de faire une bêtise ; il finira mal, ce garçon-là. Il est bien vrai que bon chien chasse de race. »

Cette mère Paumelle était une vieille rusée dont la jeunesse

1. **Enjôler :** abuser par des paroles flatteuses.
2. **Grosse :** enceinte.
3. **Lapin :** Ici, familier, homme à femmes.

avait laissé à désirer. Pour un écu, elle aurait vendu certainement son âme, et son garnement de fils par-dessus le marché.

J'allai la trouver, et tout doucement, je lui fis comprendre la chose.

Comme je m'embarrassais dans mes explications, elle me demanda tout à coup : « Qué qu'vous lui donnerez, à c'te p'tite ? »

Elle était maligne, la vieille, mais moi, pas bête, j'avais préparé mon affaire.

Je possédais justement trois lopins de terre perdus auprès de Sasseville, qui dépendaient de mes trois fermes de Villebon. Les fermiers se plaignaient toujours que c'était loin ; bref, j'avais repris ces trois champs, six acres[1] en tout, et, comme mes paysans criaient, je leur avais remis, pour jusqu'à la fin de chaque bail, toutes leurs redevances en volailles. De cette façon, la chose passa. Alors, ayant acheté un bout de côte à mon voisin M. d'Aumonté, je faisais construire une masure dessus, le tout pour quinze cents francs. De la sorte, je venais de constituer un petit bien qui ne me coûtait pas grand-chose, et je le donnais en dot à la fillette.

La vieille se récria : ce n'était pas assez ; mais je tins bon, et nous nous quittâmes sans rien conclure.

Le lendemain, dès l'aube, le gars vint me trouver. Je ne me rappelais guère sa figure. Quand je le vis, je me rassurai ; il n'était pas mal pour un paysan ; mais il avait l'air d'un rude coquin.

Il prit la chose de loin, comme s'il venait acheter une vache. Quand nous fûmes d'accord, il voulut voir le bien ; et nous voilà partis à travers champs. Le gredin me fit bien rester trois heures sur les terres ; il les arpentait, les mesurait, en prenait des mottes qu'il écrasait dans ses mains, comme s'il avait peur d'être trompé sur la marchandise. La masure

1. **Acre (féminin)** : ancienne mesure valant environ 52 ares.

n'étant pas encore couverte, il exigea de l'ardoise au lieu de chaume parce que cela demande moins d'entretien !

Puis il me dit : « Mais l' mobilier, c'est vous qui le donnez ? »

Je protestai : « Non pas ; c'est déjà beau de vous donner une ferme. »

Il ricana : « J' crai ben, une ferme et un éfant. »

Je rougis malgré moi. Il reprit : « Allons, vous donnerez l' lit, une table, l'ormoire, trois chaises et pi la vaisselle, ou ben rien d'fait[1]. »

J'y consentis.

Et nous voilà en route pour revenir. Il n'avait pas encore dit un mot de la fille. Mais tout à coup, il demanda d'un air sournois et gêné : « Mais, si a mourait, à qui qu'il irait, çu bien ? »

Je répondis : « Mais à vous, naturellement. »

C'était tout ce qu'il voulait savoir depuis le matin. Aussitôt, il me tendit la main d'un mouvement satisfait. Nous étions d'accord.

Oh ! par exemple, j'eus du mal pour décider Rose. Elle se traînait à mes pieds, elle sanglotait, elle répétait : « C'est vous qui me proposez ça ! c'est vous ! c'est vous ! » Pendant plus d'une semaine, elle résista malgré mes raisonnements et mes prières. C'est bête, les femmes ; une fois qu'elles ont l'amour en tête, elles ne comprennent plus rien. Il n'y a pas de sagesse qui tienne, l'amour avant tout, tout pour l'amour !

À la fin je me fâchai et la menaçai de la jeter dehors. Alors elle céda peu à peu, à condition que je lui permettrais de venir me voir de temps en temps.

Je la conduisis moi-même à l'autel, je payai la cérémonie, j'offris à dîner à toute la noce. Je fis grandement les choses, enfin. Puis : « Bonsoir mes enfants ! » J'allai passer six mois chez mon frère en Touraine.

1. **Rien d'fait** : argotique, rien ne se fera.

Quand je fus de retour, j'appris qu'elle était venue chaque semaine au château me demander. Et j'étais à peine arrivé depuis une heure que je la vis entrer avec un marmot dans ses bras. Vous me croirez si vous voulez, mais ça me fit quelque chose de voir ce mioche. Je crois même que je l'embrassai.

Quant à la mère, une ruine, un squelette, une ombre. Maigre, vieillie. Bigre de bigre, ça ne lui allait pas, le mariage ! Je lui demandai machinalement : « Es-tu heureuse ? »

Alors elle se mit à pleurer comme une source, avec des hoquets, des sanglots, et elle criait : « Je n' peux pas, je n' peux pas m' passer de vous maintenant. J'aime mieux mourir, je n' peux pas ! »

Elle faisait un bruit du diable. Je la consolai comme je pus et je la reconduisis à la barrière.

J'appris en effet que son mari la battait ; et que sa belle-mère lui rendait la vie dure, la vieille chouette.

Deux jours après elle revenait. Et elle me prit dans ses bras, elle se traîna par terre : « Tuez-moi, mais je n' veux pas retourner là-bas. »

Tout à fait ce qu'aurait dit Mirza si elle avait parlé !

Ça commençait à m'embêter, toutes ces histoires ; et je filai pour six mois encore. Quand je revins... Quand je revins, j'appris qu'elle était morte trois semaines auparavant, après être revenue au château tous les dimanches... toujours comme Mirza. L'enfant aussi était mort huit jours après.

Quant au mari, le madré[1] coquin, il héritait. Il a bien tourné depuis, paraît-il, il est maintenant conseiller municipal. »

Puis, M. de Varnetot ajouta en riant : « C'est égal, c'est moi qui ai fait sa fortune à celui-là ! »

1. **Madré :** rusé mais inspirant confiance.

Et M. Séjour, le vétérinaire, conclut gravement en portant à sa bouche un verre d'eau-de-vie : « Tout ce que vous voudrez, mais des femmes comme ça, il n'en faut pas. »

Première publication
dans le journal *Le Gaulois*, 18 juin 1882.
Repris dans le volume *Les Contes du jour et de la nuit*,
en 1885.

REPÈRES

• À quel type de texte avons-nous affaire des lignes 1 à 36 ? Justifiez votre réponse par une étude des temps grammaticaux.
• Où, à quelle ligne, cette « histoire vraie » commence-t-elle ?

OBSERVATION

• Brossez un rapide portrait du narrateur du récit encadré.
• Dans quelles circonstances s'assure-t-il les services de la jeune bonne ? Commentez l'échange dont elle est l'enjeu entre Varnetot et Déboultot.
• Quel est le caractère de la jeune servante ? Même question pour M. de Varnetot.
• De nombreuses métaphores animalisent les êtres humains. Relevez-en quelques-unes et dites leur fonction.
• Comment le sens de l'opportunité du fils Paumelle se traduit-il (lignes 120 à 144) ?
• Commentez l'exclamation de la ligne 157 : « Bonsoir mes enfants ! »
• Relevez la figure de style de la ligne 165 et précisez sa valeur.
• Quelle est la tonalité (voir Outils de lecture) de ce récit ?

INTERPRÉTATIONS

• Comment le personnage de Rose est-il progressivement assimilé à celui de la chienne Mirza ?
• À quelle satire sociale Maupassant donne-t-il ici libre cours ?
• Appréciez le cynisme de la dernière réplique.

Farce normande

La procession se déroulait dans le chemin creux ombragé par les grands arbres poussés sur les talus des fermes. Les jeunes mariés venaient d'abord, puis les parents, puis les invités, puis les pauvres du pays, et les gamins qui tournaient autour du défilé, comme des mouches, passaient entre les rangs, grimpaient aux branches pour mieux voir.

Le marié était un beau gars, Jean Patu, le plus riche fermier du pays. C'était, avant tout, un chasseur frénétique, qui perdait le bon sens à satisfaire cette passion, et dépensait de l'argent gros comme lui pour ses chiens, ses gardes, ses furets et ses fusils.

La mariée, Rosalie Roussel, avait été fort courtisée par tous les partis des environs, car on la trouvait avenante, et on la savait bien dotée ; mais elle avait choisi Patu, peut-être parce qu'il lui plaisait mieux que les autres, mais plutôt encore, en Normande réfléchie, parce qu'il avait plus d'écus.

Lorsqu'ils tournèrent[1] la grande barrière de la ferme maritale, quarante coups de fusil éclatèrent sans qu'on vît les tireurs cachés dans les fossés. À ce bruit, une grosse gaieté saisit les hommes qui gigotaient lourdement en leurs habits de fête ; et Patu, quittant sa femme, sauta sur un valet qu'il apercevait derrière un arbre, empoigna son arme, et lâcha lui-même un coup de feu en gambadant comme un poulain.

Puis on se remit en route sous les pommiers déjà lourds de fruits, à travers l'herbe haute, au milieu des veaux qui regardaient de leurs gros yeux, se levaient lentement et restaient debout, le mufle tendu vers la noce.

Les hommes redevenaient graves en approchant du repas.

1. **Tournèrent :** dépassèrent.

Repas de noces à Yport *(détail)*.
Tableau d'Albert-Auguste Fourié.
Musée des Beaux-Arts, Rouen.

Les uns, les riches, étaient coiffés de hauts chapeaux de soie luisants, qui semblaient dépaysés en ce lieu ; les autres portaient d'anciens couvre-chefs à poils longs, qu'on aurait dits en peau de taupe ; les plus humbles étaient couronnés de casquettes.

Toutes les femmes avaient des châles lâchés dans le dos, et dont elles tenaient les bouts sur leurs bras avec cérémonie. Ils étaient rouges, bigarrés, flamboyants, ces châles ; et leur éclat semblait étonner les poules noires sur le fumier, les canards au bord de la mare, et les pigeons sur les toits de chaume.

Tout le vert de la campagne, le vert de l'herbe et des arbres, semblait exaspéré au contact de cette pourpre[1] ardente et les deux couleurs ainsi voisines devenaient aveuglantes sous le feu du soleil de midi.

La grande ferme paraissait attendre là-bas, au bout de la voûte des pommiers. Une sorte de fumée sortait de la porte et des fenêtres ouvertes, et une odeur épaisse de mangeaille s'exhalait du vaste bâtiment, de toutes ses ouvertures, des murs eux-mêmes.

Comme un serpent, la suite des invités s'allongeait à travers la cour. Les premiers, atteignant la maison, brisaient la chaîne, s'éparpillaient, tandis que là-bas il en entrait toujours par la barrière ouverte. Les fossés maintenant étaient garnis de gamins et de pauvres, curieux ; et les coups de fusil ne cessaient pas, éclatant de tous les côtés à la fois, mêlant à l'air une buée de poudre et cette odeur qui grise comme de l'absinthe.

Devant la porte, les femmes tapaient sur leurs robes pour en faire tomber la poussière, dénouaient les oriflammes[2] qui servaient de rubans à leurs chapeaux, défaisaient leurs châles et les posaient sur leurs bras, puis entraient dans la maison pour se débarrasser définitivement de ces ornements.

1. **Pourpre :** rouge vif.
2. **Oriflammes :** drapeaux, bannières.

La table était mise dans la grande cuisine, qui pouvait contenir cent personnes.

On s'assit à deux heures. À huit heures on mangeait encore. Les hommes déboutonnés, en bras de chemise, la face rougie, engloutissaient comme des gouffres. Le cidre jaune luisait, joyeux, clair et doré, dans les grands verres, à côté du vin coloré, du vin sombre, couleur de sang.

Entre chaque plat on faisait un trou, le trou normand, avec un verre d'eau-de-vie qui jetait du feu dans les corps et de la folie dans les têtes.

De temps en temps, un convive plein comme une barrique, sortait jusqu'aux arbres prochains, se soulageait, puis rentrait avec une faim nouvelle aux dents.

Les fermières, écarlates, oppressées, les corsages tendus comme des ballons, coupées en deux par le corset, gonflées du haut et du bas, restaient à table par pudeur. Mais l'une d'elles, plus gênée, étant sortie, toutes alors se levèrent à la suite. Elles revenaient plus joyeuses, prêtes à rire. Et les lourdes plaisanteries commencèrent.

C'étaient des bordées[1] d'obscénités lâchées à travers la table, et toutes sur la nuit nuptiale. L'arsenal de l'esprit paysan fut vidé. Depuis cent ans, les mêmes grivoiseries servaient aux mêmes occasions, et, bien que chacun les connût, elles portaient encore, faisaient partir en un rire retentissant les deux enfilées[2] de convives.

Un vieux à cheveux gris appelait : « Les voyageurs pour Mézidon en voiture. » Et c'étaient des hurlements de gaieté.

Tout au bout de la table, quatre gars, des voisins, préparaient des farces aux mariés, et ils semblaient en tenir une bonne, tant ils trépignaient en chuchotant.

L'un d'eux, soudain profitant d'un moment de calme, cria : « C'est les braconniers qui vont s'en donner c'te nuit,

1. **Bordées :** grandes quantités.
2. **Enfilées :** rangées.

avec la lune qu'y a !... Dis donc, Jean, c'est pas c'te lune-là qu'tu guetteras, toi ? »

Le marié, brusquement, se tourna : « Qu'i z'y viennent, les braconniers ! »

Mais l'autre se mit à rire : « Ah ! i peuvent y venir ; tu quitteras pas ta besogne pour ça ! »

Toute la tablée fut secouée par la joie. Le sol en trembla, les verres vibrèrent.

Mais le marié, à l'idée qu'on pouvait profiter de sa noce pour braconner chez lui devint furieux : « J'te dis qu'ça : qu'i z'y viennent ! »

Alors ce fut une pluie de polissonneries à double sens qui faisaient un peu rougir la mariée, toute frémissante d'attente.

Puis, quand on eut bu des barils d'eau-de-vie, chacun partit se coucher ; et les jeunes époux entrèrent en leur chambre, située au rez-de-chaussée, comme toutes les chambres de ferme ; et, comme il y faisait un peu chaud, ils ouvrirent la fenêtre et fermèrent l'auvent. Une petite lampe de mauvais goût, cadeau du père de la femme, brûlait sur la commode ; et le lit était prêt à recevoir le couple nouveau, qui ne mettait point à son premier embrassement tout le cérémonial des bourgeois dans les villes.

Déjà la jeune femme avait enlevé sa coiffure et sa robe, et elle demeurait en jupon, délaçant ses bottines, tandis que Jean achevait un cigare, en regardant de coin sa compagne.

Il la guettait d'un œil luisant, plus sensuel que tendre ; car il la désirait plutôt qu'il ne l'aimait ; et, soudain, d'un mouvement brusque, comme un homme qui va se mettre à l'ouvrage, il enleva son habit.

Elle avait défait ses bottines, et maintenant elle retirait ses bas, puis elle lui dit, le tutoyant depuis l'enfance : « Va te cacher là-bas, derrière les rideaux, que j'me mette au lit. »

Il fit mine de refuser, puis il y alla d'un air sournois, et se dissimula, sauf la tête. Elle riait, voulait envelopper ses yeux, et ils jouaient d'une façon amoureuse et gaie, sans pudeur apprise et sans gêne.

Pour finir il céda ; alors, en une seconde, elle dénoua son dernier jupon, qui glissa le long de ses jambes, tomba autour de ses pieds et s'aplatit en rond par terre. Elle l'y laissa, l'enjamba, nue sous la chemise flottante et elle se glissa dans le lit, dont les ressorts chantèrent sous son poids.

Aussitôt il arriva, déchaussé lui-même, en pantalon, et il se courbait vers sa femme, cherchant ses lèvres qu'elle cachait dans l'oreiller, quand un coup de feu retentit au loin, dans la direction du bois des Râpées, lui sembla-t-il.

Il se redressa inquiet, le cœur crispé, et, courant à la fenêtre, il décrocha l'auvent.

La pleine lune baignait la cour d'une lumière jaune. L'ombre des pommiers faisait des taches sombres à leur pied ; et, au loin, la campagne, couverte de moissons mûres, luisait.

Comme Jean s'était penché au-dehors, épiant toutes les rumeurs de la nuit, deux bras nus vinrent se nouer sous son cou, et sa femme, le tirant en arrière, murmura : « Laisse donc, qu'est-ce que ça fait, viens-t'en. »

Il se retourna, la saisit, l'étreignit, la palpant sous la toile légère ; et l'enlevant dans ses bras robustes, il l'emporta vers leur couche.

Au moment où il la posait sur le lit, qui plia sous le poids, une nouvelle détonation, plus proche celle-là, retentit.

Alors Jean, secoué d'une colère tumultueuse, jura : « Nom de D... ! ils croient que je ne sortirai pas à cause de toi ?... Attends, attends ! » Il se chaussa, décrocha son fusil toujours pendu à portée de sa main, et, comme sa femme se traînait à ses genoux et le suppliait, éperdue, il se dégagea vivement, courut à la fenêtre et sauta dans la cour.

Elle attendit une heure, deux heures, jusqu'au jour. Son mari ne rentra pas. Alors elle perdit la tête, appela, raconta la fureur de Jean et sa course après les braconniers.

Aussitôt les valets, les charretiers, les gars partirent à la recherche du maître.

On le retrouva à deux lieues[1] de la ferme, ficelé des pieds à la tête, à moitié mort de fureur, son fusil tordu, sa culotte à l'envers, avec trois lièvres trépassés autour du cou et une pancarte sur la poitrine : « Qui va à la chasse, perd sa place. »

Et, plus tard, quand il racontait cette nuit d'épousailles, il ajoutait : « Oh ! pour une farce ! c'était une bonne farce. Ils m'ont pris dans un collet comme un lapin, les salauds, et ils m'ont caché la tête dans un sac. Mais si je les tâte un jour, gare à eux ! »

Et voilà comment on s'amuse, les jours de noce, au pays normand.

Première publication
dans le journal *Le Gaulois*, 8 août 1882.
Repris dans le volume *Les Contes de la bécasse*, en 1883.

1. **Deux lieues :** huit kilomètres.

REPÈRES

• Ce texte comporte trois épisodes. Délimitez-les puis donnez un titre à chacun d'eux.

OBSERVATION

• Comment les différentes classes sociales présentes au mariage sont-elles décrites ?
• Dans quel ordre les invités de la noce apparaissent-ils ?
• Quelle est la préoccupation principale de Jean Patu ? Chez quels autres personnages des récits précédents l'avez-vous déjà rencontrée ?
• Relevez toutes les notations de couleurs. Maupassant ne peint-il pas ici une scène impressionniste ?
• Donnez des exemples de « polissonneries à double sens ».
• Quel rôle l'alcool joue-t-il dans l'impression d'amplification de la description ? Commentez la figure de style de la ligne 162.
• Comment qualifieriez-vous l'état d'esprit de tous ces gens ?

INTERPRÉTATIONS

• Qu'est-ce qui a motivé le mariage de Rosalie Roussel ?
• Étudiez toutes les ambiguïtés de cette histoire, la signification des coups de fusils, les allusions au braconnage des lignes 93 à 104, le sens de la farce dont Jean est victime, celui que l'on peut attribuer à l'inscription sur la pancarte dont on l'affuble.
• Appréciez la dernière phrase.

PIERROT

MADAME LEFÈVRE était une dame de campagne, une veuve, une de ces demi-paysannes à rubans et à chapeaux falbalas[1], de ces personnes qui parlent avec des cuirs[2], prennent en public des airs grandioses, et cachent une âme de brute prétentieuse sous des dehors comiques et chamarrés[3], comme elles dissimulent leurs grosses mains rouges sous des gants de soie écrue.

Elle avait pour servante une brave campagnarde toute simple, nommée Rose.

Les deux femmes habitaient une petite maison à volets verts, le long d'une route, en Normandie, au centre du pays de Caux.

Comme elles possédaient, devant l'habitation, un étroit jardin, elles cultivaient quelques légumes.

Or, une nuit, on lui vola une douzaine d'oignons.

Dès que Rose s'aperçut du larcin, elle courut prévenir Madame, qui descendit en jupe de laine. Ce fut une désolation et une terreur. On avait volé, volé Mme Lefèvre ! Donc, on volait dans le pays, puis on pouvait revenir.

Et les deux femmes effarées contemplaient les traces de pas, bavardaient, supposaient des choses : « Tenez, ils ont passé par là. Ils ont mis leurs pieds sur le mur ; ils ont sauté dans la plate-bande. »

Et elles s'épouvantaient pour l'avenir. Comment dormir tranquilles maintenant !

Le bruit du vol se répandit. Les voisins arrivèrent, constatèrent, discutèrent à leur tour ; et les deux femmes expli-

1. **Falbalas :** ornements de tissus froncés, volants.
2. **Cuirs :** fautes de liaisons ou de prononciation.
3. **Chamarrés :** des apparences drôles.

quaient à chaque nouveau venu leurs observations et leurs idées.

Un fermier d'à côté leur offrit ce conseil : « Vous devriez avoir un chien. »

C'était vrai, cela ; elles devraient avoir un chien, quand ce ne serait que pour donner l'éveil. Pas un gros chien, Seigneur ! Que feraient-elles d'un gros chien ! Il les ruinerait en nourriture. Mais un petit chien (en Normandie, on prononce quin), un petit freluquet[1] de quin qui jappe.

Dès que tout le monde fut parti, Mme Lefèvre discuta longtemps cette idée de chien. Elle faisait, après réflexion, mille objections, terrifiée par l'image d'une jatte pleine de pâtée ; car elle était de cette race parcimonieuse[2] de dames campagnardes qui portent toujours des centimes dans leur poche pour faire l'aumône ostensiblement[3] aux pauvres des chemins, et donner aux quêtes du dimanche.

Rose, qui aimait les bêtes, apporta ses raisons et les défendit avec astuce. Donc il fut décidé qu'on aurait un chien, un tout petit chien.

On se mit à sa recherche, mais on n'en trouvait que des grands, des avaleurs de soupe à faire frémir. L'épicier de Rolleville en avait bien un, un tout petit ; mais il exigeait qu'on le lui payât deux francs, pour couvrir ses frais d'élevage. Mme Lefèvre déclara qu'elle voulait bien nourrir un quin, mais qu'elle n'en achèterait pas.

Or, le boulanger, qui savait les événements, apporta, un matin, dans sa voiture, un étrange petit animal tout jaune, presque sans pattes, avec un corps de crocodile, une tête de renard et une queue en trompette, un vrai panache, grand comme tout le reste de sa personne. Un client cherchait à s'en défaire. Mme Lefèvre trouva fort beau ce roquet immonde,

1. **Freluquet :** homme frivole, léger et sans mérite. Ici, chétif.
2. **Parcimonieuse :** avare.
3. **Ostensiblement :** pour être vue.

qui ne coûtait rien. Rose l'embrassa, puis demanda comment on le nommait. Le boulanger répondit : « Pierrot. »

Il fut installé dans une vieille caisse à savon et on lui offrit d'abord de l'eau à boire. Il but. On lui présenta ensuite un morceau de pain. Il mangea. Mme Lefèvre, inquiète, eut une idée : « Quand il sera bien accoutumé à la maison, on le laissera libre. Il trouvera à manger en rôdant par le pays. »

On le laissa libre, en effet, ce qui ne l'empêcha point d'être affamé. Il ne jappait d'ailleurs que pour réclamer sa pitance ; mais, dans ce cas, il jappait avec acharnement.

Tout le monde pouvait entrer dans le jardin. Pierrot allait caresser chaque nouveau venu, et demeurait absolument muet.

Mme Lefèvre cependant s'était accoutumée à cette bête. Elle en arrivait même à l'aimer, et à lui donner de sa main, de temps en temps, des bouchées de pain trempées dans la sauce de son fricot[1].

Mais elle n'avait nullement songé à l'impôt[2], et quand on lui réclama huit francs – huit francs, madame ! – pour ce freluquet de quin qui ne jappait seulement point, elle faillit s'évanouir de saisissement.

Il fut immédiatement décidé qu'on se débarrasserait de Pierrot. Personne n'en voulut. Tous les habitants le refusèrent à dix lieues aux environs. Alors on se résolut, faute d'autre moyen, à lui faire « piquer du mas ».

« Piquer du mas », c'est « manger de la marne[3] ». On fait piquer du mas à tous les chiens dont on veut se débarrasser.

Au milieu d'une vaste plaine, on aperçoit une espèce de hutte, ou plutôt un tout petit toit de chaume, posé sur le sol. C'est l'entrée de la marnière. Un grand puits tout droit

1. **Fricot :** ragoût (pop.).
2. **L'impôt :** taxe instaurée sur les chiens en 1855. Elle mécontentait les propriétaires de chiens.
3. **Marne :** roche argileuse.

s'enfonce jusqu'à vingt mètres sous terre, pour aboutir à une série de longues galeries de mines.

On descend une fois par an dans cette carrière, à l'époque où l'on marne[1] les terres. Tout le reste du temps, elle sert de cimetière aux chiens condamnés ; et souvent, quand on passe auprès de l'orifice, des hurlements plaintifs, des aboiements furieux ou désespérés, des appels lamentables montent jusqu'à vous.

Les chiens des chasseurs et des bergers s'enfuient avec épouvante des abords de ce trou gémissant ; et, quand on se penche au-dessus, il sort de là une abominable odeur de pourriture.

Des drames affreux s'y accomplissent dans l'ombre.

Quand une bête agonise depuis dix à douze jours dans le fond, nourrie par les restes immondes de ses devanciers, un nouvel animal, plus gros, plus vigoureux certainement, est précipité tout à coup. Ils sont là, seuls, affamés, les yeux luisants. Ils se guettent, se suivent, hésitent, anxieux. Mais la faim les presse : ils s'attaquent, luttent longtemps, acharnés ; et le plus fort mange le plus faible, le dévore vivant.

Quand il fut décidé qu'on ferait « piquer du mas » à Pierrot, on s'enquit d'un exécuteur. Le cantonnier qui binait la route demanda dix sous pour la course. Cela parut follement exagéré à Mme Lefèvre. Le goujat[2] du voisin se contentait de cinq sous ; c'était trop encore ; et, Rose ayant fait observer qu'il valait mieux qu'elles le portassent elles-mêmes, parce qu'ainsi il ne serait pas brutalisé en route et averti de son sort, il fut résolu qu'elles iraient toutes les deux à la nuit tombante.

On lui offrit, ce soir-là, une bonne soupe avec un doigt de beurre. Il l'avala jusqu'à la dernière goutte ; et, comme il remuait la queue de contentement, Rose le prit dans son tablier.

---

1. **Marner** : améliorer un sol pauvre en calcaire en lui apportant de la marne.
2. **Goujat** : apprenti maçon dont la fonction est d'amener les matériaux, puis homme sale et grossier qui accomplit les sales besognes.

Elles allaient à grands pas, comme des maraudeuses[1], à travers la plaine. Bientôt elles aperçurent la marnière et l'atteignirent ; Mme Lefèvre se pencha pour écouter si aucune bête ne gémissait. – Non – il n'y en avait pas ; Pierrot serait seul. Alors Rose qui pleurait, l'embrassa, puis le lança dans le trou ; et elles se penchèrent toutes deux, l'oreille tendue.

Elles entendirent d'abord un bruit sourd ; puis la plainte aiguë, déchirante, d'une bête blessée, puis une succession de petits cris de douleur, puis des appels désespérés, des supplications de chien qui implorait, la tête levée vers l'ouverture.

Il jappait, oh ! il jappait !

Elles furent saisies de remords, d'épouvante, d'une peur folle et inexplicable ; et elles se sauvèrent en courant. Et, comme Rose allait plus vite, Mme Lefèvre criait : « Attendez-moi, Rose, attendez-moi ! »

Leur nuit fut hantée de cauchemars épouvantables.

Mme Lefèvre rêva qu'elle s'asseyait à table pour manger la soupe, mais, quand elle découvrait la soupière, Pierrot était dedans. Il s'élançait et la mordait au nez.

Elle se réveilla et crut l'entendre japper encore. Elle écouta ; elle s'était trompée.

Elle s'endormit de nouveau et se trouva sur une grande route, une route interminable, qu'elle suivait. Tout à coup, au milieu du chemin, elle aperçut un panier, un grand panier de fermier, abandonné ; et ce panier lui faisait peur.

Elle finissait cependant par l'ouvrir, et Pierrot, blotti dedans, lui saisissait la main, ne la lâchait plus ; et elle se sauvait éperdue, portant ainsi au bout du bras le chien suspendu, la gueule serrée.

Au petit jour, elle se leva, presque folle, et courut à la marnière.

Il jappait ; il jappait encore, il avait jappé toute la nuit. Elle se mit à sangloter et l'appela avec mille petits noms cares-

1. **Maraudeuses :** voleuses opérant dans les jardins ou dans les champs.

sants. Il répondit avec toutes les inflexions tendres de sa voix de chien.

Alors elle voulut le revoir, se promettant de le rendre heureux jusqu'à sa mort.

Elle courut chez le puisatier chargé de l'extraction de la marne, et elle lui raconta son cas. L'homme écoutait sans rien dire. Quand elle eut fini, il prononça : « Vous voulez votre quin ? Ce sera quatre francs. »

Elle eut un sursaut ; toute sa douleur s'envola du coup.

« Quatre francs ! vous vous en feriez mourir ! quatre francs ! »

Il répondit : « Vous croyez que j'vas apporter mes cordes, mes manivelles, et monter tout ça, et m'n'aller là-bas avec mon garçon et m'faire mordre encore par votre maudit quin, pour l'plaisir de vous le r'donner ? fallait pas l'jeter. »

Elle s'en alla, indignée. – Quatre francs !

Aussitôt rentrée, elle appela Rose et lui dit les prétentions du puisatier. Rose, toujours résignée, répétait : « Quatre francs ! c'est de l'argent, Madame. »

Puis, elle ajouta : « Si on lui jetait à manger, à ce pauvre quin, pour qu'il ne meure pas comme ça ? »

Mme Lefèvre approuva, toute joyeuse ; et les voilà reparties, avec un gros morceau de pain beurré.

Elles le coupèrent par bouchées qu'elles lançaient l'une après l'autre, parlant tour à tour à Pierrot. Et sitôt que le chien avait achevé un morceau, il jappait pour réclamer le suivant.

Elles revinrent le soir, puis le lendemain, tous les jours. Mais elles ne faisaient plus qu'un voyage.

Or, un matin, au moment de laisser tomber la première bouchée, elles entendirent tout à coup un aboiement formidable dans le puits. Ils étaient deux ! On avait précipité un autre chien, un gros !

Rose cria : « Pierrot ! » Et Pierrot jappa, jappa. Alors on se mit à jeter la nourriture ; mais, chaque fois elles distinguaient parfaitement une bousculade terrible, puis les cris plaintifs de Pierrot mordu par son compagnon, qui mangeait tout, étant le plus fort.

Elles avaient beau spécifier : « C'est pour toi, Pierrot ! » Pierrot, évidemment, n'avait rien.

Les deux femmes interdites, se regardaient ; et Mme Lefèvre prononça d'un ton aigre : « Je ne peux pourtant pas nourrir tous les chiens qu'on jettera là-dedans. Il faut y renoncer. »

Et, suffoquée à l'idée de tous ces chiens vivant à ses dépens, elle s'en alla, emportant même ce qui restait du pain qu'elle se mit à manger en marchant.

Rose la suivit en s'essuyant les yeux du coin de son tablier bleu.

Première publication
dans le journal *Le Gaulois*, 9 octobre 1882.
Repris dans le volume *Les Contes de la bécasse*, en 1883.

REPÈRES

- Dans quelle région le récit se déroule-t-il ?
- Qui sont les différents personnages en présence ?

OBSERVATION

- Quel est le principal trait de caractère de Mme Lefèvre ? Justifiez votre réponse en relevant des expressions que vous tirerez de l'ensemble du texte.
- Lignes 45 et suivantes, qui désigne le pronom indéfini « on » ?
- Quel événement décide du sort de Pierrot ?
- Pourquoi les deux femmes vont-elles « à grands pas comme des maraudeuses » ?
- Quelle est la valeur de la répétition du verbe « japer » ?

INTERPRÉTATIONS

- Les lignes 40 à 43 développent un nouvel exemple de satire. Lequel ?
- Le conte étant lu, commentez et interprétez la remarque de la ligne 44 : « Rose, qui aimait les bêtes... » De quoi Maupassant fait-il preuve ici ?
- Comment jugez-vous le comportement de Mme Lefèvre et de Rose ?

UN NORMAND

NOUS VENIONS de sortir de Rouen et nous suivions au grand trot la route de Jumièges. La légère voiture filait, traversant les prairies ; puis le cheval se mit au pas pour monter la côte de Canteleu.

C'est là un des horizons les plus magnifiques qui soient au monde. Derrière nous Rouen, la ville aux églises, aux clochers gothiques, travaillés comme des bibelots d'ivoire ; en face, Saint-Sever, le faubourg aux manufactures, qui dresse ses mille cheminées fumantes sur le grand ciel vis-à-vis des mille clochetons sacrés de la vieille cité.

Ici la flèche de la cathédrale[1], le plus haut sommet des monuments humains ; et là-bas, la « Pompe à feu » de la « Foudre »[2], sa rivale presque aussi démesurée, et qui passe d'un mètre la plus géante des pyramides d'Égypte.

Devant nous la Seine se déroulait, ondulante, semée d'îles, bordée à droite de blanches falaises que couronnait une forêt, à gauche de prairies immenses qu'une autre forêt limitait, là-bas, tout là-bas.

De place en place, des grands navires à l'ancre le long des berges du large fleuve. Trois énormes vapeurs s'en allaient, à la queue leu leu, vers Le Havre ; et un chapelet de bâtiments, formé d'un trois-mâts, de deux goélettes et d'un brick[3], remontait vers Rouen, traîné par un petit remorqueur vomissant un nuage de fumée noire.

Mon compagnon, né dans le pays, ne regardait même point ce surprenant paysage ; mais il souriait sans cesse ; il semblait rire en lui-même. Tout à coup, il éclata : « Ah ! vous

1. **La flèche de la cathédrale :** celle de Rouen est haute de 156 mètres.
2. **La « Pompe à feu » de la « Foudre » :** cheminée d'usine.
3. **Brick :** voilier à deux mâts.

Le port de Rouen en 1878.
Détail d'un tableau de Torello Ancilloti (1843-1899).
Musée des Beaux-Arts, Rouen.

allez voir quelque chose de drôle ; la chapelle au père Mathieu. Ça, c'est du nanan[1], mon bon. »

Je le regardai d'un œil étonné. Il reprit : « Je vais vous faire sentir un fumet[2] de Normandie qui vous restera dans le nez. Le père Mathieu est le plus beau Normand de la province, et sa chapelle une des merveilles du monde, ni plus ni moins ; mais je vais vous donner d'abord quelques mots d'explication.

Le père Mathieu, qu'on appelle aussi le père "La Boisson", est un ancien sergent-major revenu dans son village natal. Il unit en des proportions admirables pour faire un ensemble parfait la blague du vieux soldat à la malice finaude du Normand. De retour au pays, il est devenu, grâce à des protections multiples et à des habiletés invraisemblables, gardien d'une chapelle miraculeuse, une chapelle protégée par la Vierge et fréquentée principalement par les filles enceintes. Il a baptisé sa statue merveilleuse : "Notre-Dame du Gros-Ventre", et il la traite avec une certaine familiarité goguenarde qui n'exclut point le respect. Il a composé lui-même et fait imprimer une prière spéciale pour sa BONNE VIERGE. Cette prière est un chef-d'œuvre d'ironie involontaire, d'esprit normand où la raillerie se mêle à la peur du SAINT, à la peur superstitieuse de l'influence secrète de quelque chose. Il ne croit pas beaucoup à sa patronne[3] ; cependant il y croit un peu, par prudence, et il la ménage, par politique.

Voici le début de cette étonnante oraison[4] : "Notre bonne madame la Vierge Marie, patronne naturelle des filles mères en ce pays et par toute la terre, protégez votre servante qui a fauté dans un moment d'oubli."

...

Cette supplique se termine ainsi : "Ne m'oubliez pas sur-

1. **Nanan :** friandises, sucreries, par ext., tout ce qui est agréable.
2. **Fumet :** odeur agréable. Ici de sens figuré.
3. **Patronne :** sainte protectrice.
4. **Oraison :** prière.

tout auprès de votre saint Époux et intercédez auprès de Dieu le Père, pour qu'il m'accorde un bon mari semblable au vôtre."

Cette prière, interdite par le clergé de la contrée, est vendue par lui sous le manteau, et passe pour salutaire à celles qui la récitent avec onction[1].

En somme, il parle de la bonne Vierge, comme faisait de son maître le valet de chambre d'un prince redouté, confident de tous les petits secrets intimes. Il sait sur son compte une foule d'histoires amusantes, qu'il dit tout bas, entre amis, après boire.

Mais vous verrez par vous-même.

Comme les revenus fournis par la Patronne ne lui semblaient point suffisants, il a annexé à la Vierge principale un petit commerce de Saints. Il les tient tous ou presque tous. La place manquant dans la chapelle, il les a emmagasinés au bûcher[2], d'où il les sort sitôt qu'un fidèle les demande. Il a façonné lui-même ces statuettes de bois, invraisemblablement comiques, et les a peintes toutes en vert à pleine couleur, une année qu'on badigeonnait sa maison. Vous savez que les Saints guérissent les maladies ; mais chacun a sa spécialité ; et il ne faut pas commettre de confusion ni d'erreurs. Ils sont jaloux les uns des autres comme des cabotins[3].

Pour ne pas se tromper, les vieilles bonnes femmes viennent consulter Mathieu.

"Pour les maux d'oreilles, qué saint qu'est l'meilleur ?

– Mais y a saint Osyme qu'est bon ; y a aussi saint Pamphile qu'est pas mauvais."

Ce n'est pas tout.

Comme Mathieu a du temps de reste, il boit ; mais il boit en artiste, en convaincu, si bien qu'il est gris régulièrement tous les soirs. Il est gris, mais il le sait ; il le sait si bien qu'il

1. **Onction :** piété.
2. **Bûcher :** réserve de bois à brûler.
3. **Cabotins :** acteurs médiocres, mauvais comédiens.

note, chaque jour, le degré exact de son ivresse. C'est là sa principale occupation ; la chapelle ne vient qu'après.

Et il a inventé, écoutez bien et cramponnez-vous, il a inventé le saoulomètre.

L'instrument n'existe pas, mais les observations de Mathieu sont aussi précises que celles d'un mathématicien.

Vous l'entendez dire sans cesse : "D'puis lundi, j'ai passé quarante-cinq."

Ou bien : "J'étais entre cinquante-deux et cinquante-huit."

Ou bien : "J'en avais bien soixante-six à soixante-dix."

Ou bien : "Cré coquin, je m'croyais dans les cinquante, v'là que j'm'aperçois qu'j'étais dans les soixante-quinze !"

Jamais il ne se trompe.

Il affirme n'avoir pas atteint le mètre, mais comme il avoue que ses observations cessent d'être précises quand il a passé quatre-vingt-dix, on ne peut se fier absolument à son affirmation.

Quand Mathieu reconnaît avoir passé quatre-vingt-dix, soyez tranquille, il était crânement gris.

Dans ces occasions-là, sa femme, Mélie, une autre merveille, se met en des colères folles. Elle l'attend sur sa porte, quand il rentre, et elle hurle : " Te voilà, salaud, cochon, bougre d'ivrogne !"

Alors Mathieu, qui ne rit plus, se campe en face d'elle, et, d'un ton sévère : "Tais-toi, Mélie, c'est pas le moment de causer. Attends à d'main."

Si elle continue à vociférer[1], il s'approche et, la voix tremblante : "Gueule plus ; j'suis dans les quatre-vingt-dix ; je n'mesure plus ; j'vas cogner, prends garde !"

Alors, Mélie bat en retraite.

Si elle veut, le lendemain, revenir sur ce sujet, il lui rit au nez et répond : "Allons, allons ! assez causé ; c'est passé. Tant

1. **Vociférer :** hurler.

qu'j'aurai pas atteint le mètre, y a pas de mal. Mais, si j'passe le mètre, j'te permets de m'corriger, ma parole !" »

Nous avions gagné le sommet de la côte. La route s'enfonçait dans l'admirable forêt de Roumare.

L'automne, l'automne merveilleux, mêlait son or et sa pourpre aux dernières verdures restées vives, comme si des gouttes de soleil fondu avaient coulé du ciel dans l'épaisseur des bois.

On traversa Duclair, puis, au lieu de continuer sur Jumièges, mon ami tourna vers la gauche, et, prenant un chemin de traverse, s'enfonça dans le taillis.

Et bientôt, du sommet d'une grande côte nous découvrions de nouveau la magnifique vallée de la Seine et le fleuve tortueux s'allongeant à nos pieds.

Sur la droite, un tout petit bâtiment couvert d'ardoises et surmonté d'un clocher haut comme une ombrelle s'adossait contre une jolie maison aux persiennes vertes, toute vêtue de chèvrefeuilles et de rosiers.

Une grosse voix cria : « V'là des amis ! » Et Mathieu parut sur le seuil. C'était un homme de soixante ans, maigre, portant la barbiche et de longues moustaches blanches.

Mon compagnon lui serra la main, me présenta, et Mathieu nous fit entrer dans une fraîche cuisine qui lui servait aussi de salle. Il disait : « Moi, monsieur, j'n'ai pas d'appartement distingué. J'aime bien n'point m'éloigner du fricot[1]. Les casseroles, voyez-vous, ça tient compagnie. »

Puis, se tournant vers mon ami : « Pourquoi venez-vous un jeudi ? Vous savez bien que c'est jour de consultation d'ma Patronne. J'peux pas sortir c't'après-midi. »

Et, courant à la porte, il poussa un effroyable beuglement : « Méli-e-e ! » qui dut faire lever la tête aux matelots des navires qui descendaient ou remontaient le fleuve, là-bas, tout au fond de la creuse vallée.

1. **Fricot** : ragoût.

Mélie ne répondit point.

Alors Mathieu cligna de l'œil avec malice. « A n'est pas contente après moi, voyez-vous, parce qu'hier je m'suis trouvé dans les quatre-vingt-dix. »

Mon voisin se mit à rire : « Dans les quatre-vingt-dix, Mathieu ! Comment avez-vous fait ? »

Mathieu répondit :

« J'vas vous dire. J'n'ai trouvé, l'an dernier, qu'vingt rasières[1] d'pommes d'abricot. Y n'y en a pu ; mais pour faire du cidre y n'y a qu'ça. Donc j'en fis une pièce qu'je mis hier en perce. Pour du nectar, c'est du nectar ; vous m'en direz des nouvelles. J'avais ici Polyte ; j'nous mettons à boire un coup, et puis encore un coup, sans s'rassasier (on en boirait jusqu'à d'main), si bien que, d'coup en coup, je m'sens une fraîcheur dans l'estomac. J'dis à Polyte : "Si on buvait un verre de fine[2] pour se réchauffer !" Y consent. Mais c'te fine, ça vous met l'feu dans le corps, si bien qu'il a fallu r'venir au cidre. Mais v'là que d'fraîcheur en chaleur et d'chaleur en fraîcheur, j'm'aperçois que j'suis dans les quatre-vingt-dix. Polyte était pas loin du mètre. »

La porte s'ouvrit. Mélie parut, et tout de suite avant de nous avoir dit bonjour : « ... Crés cochons, vous aviez bien l'mètre tous les deux. »

Alors Mathieu se fâcha : « Dis pas ça, Mélie, dis pas ça ; j'ai jamais été au mètre. »

On nous fit un déjeuner exquis, devant la porte, sous deux tilleuls, à côté de la petite chapelle de « Notre-Dame du Gros-Ventre » et en face de l'immense paysage. Et Mathieu nous raconta, avec raillerie mêlée de crédulités inattendues, d'invraisemblables histoires de miracles.

Nous avions bu beaucoup de ce cidre adorable, piquant et sucré, frais et grisant, qu'il préférait à tous les liquides ; et

1. **Rasière :** mesure de cinquante litres de pommes.
2. **Fine :** en Normandie, l'eau-de-vie, le calvados.

nous fumions nos pipes, à cheval sur nos chaises, quand deux bonnes femmes se présentèrent.

Elles étaient vieilles, sèches, courbées. Après avoir salué, elles demandèrent saint Blanc. Mathieu cligna de l'œil vers nous et répondit : « J'vas vous donner ça. »

Et il disparut dans son bûcher.

Il y resta bien cinq minutes ; puis il revint avec une figure consternée. Il levait les bras :

« J'sais pas oùsqu'il est, je l'trouve pu ; j'suis pourtant sûr que je l'avais. »

Alors, faisant de ses mains un porte-voix, il mugit de nouveau : « Méli-e-e ! » Du fond de la cour sa femme répondit : « Qué qu'y a ?

– Oùsqu'il est saint Blanc ! Je l'trouve pu dans le bûcher. »

Alors, Mélie jeta cette explication : « C'est-y pas celui qu't'as pris l'aut'e semaine pour boucher l'trou d'la cabine à lapins ? »

Mathieu tressaillit : « Nom d'un tonnerre, ça s'peut bien ! »

Alors il dit aux femmes : « Suivez-moi. »

Elles suivirent. Nous en fîmes autant, malades de rires étouffés.

En effet, saint Blanc, piqué en terre comme un simple pieu maculé de boue et d'ordures, servait d'angle à la cabine à lapins.

Dès qu'elles l'aperçurent, les deux bonnes femmes tombèrent à genoux, se signèrent et se mirent à murmurer des Oremus[1]. Mais Mathieu se précipita : « Attendez, vous v'là dans la crotte ; j'vas vous donner une botte de paille. »

Il alla chercher la paille et leur en fit un prie-Dieu. Puis, considérant son saint fangeux[2], et craignant sans doute un

1. **Oremus :** prières (en latin, « prions »).
2. **Fangeux :** couvert de boue.

discrédit pour son commerce, il ajouta : « J'vas vous l'débrouiller un brin[1]. »

Il prit un seau d'eau, une brosse et se mit à laver vigoureusement le bonhomme de bois, pendant que les deux vieilles priaient toujours.

Puis, quand il eut fini, il ajouta : « Maintenant il n'y a plus d'mal. » Et il nous ramena boire un coup.

Comme il portait le verre à sa bouche, il s'arrêta, et, d'un air un peu confus : « C'est égal, quand j'ai mis saint Blanc aux lapins, j'croyais bien qu'i n'f'rait pu d'argent. Y avait deux ans qu'on n'le d'mandait plus. Mais les Saints, voyez-vous, ça n'passe jamais. »

Il but et reprit : « Allons, buvons encore un coup. Avec des amis i n'faut pas y aller à moins d'cinquante ; et j'n'en sommes seulement pas à trente-huit. »

Première publication
dans le journal *Gil Blas*, 10 octobre 1882.
Repris dans le volume *Les Contes de la bécasse*,
en 1883.

1. **Brin** : un peu.

REPÈRES

- Où l'action se déroule-t-elle ?
- Qui représente le « nous » de la première ligne ?
- Que savons-nous de ce compagnon dont il est question ?
- Le texte n'a-t-il pas deux narrateurs ? Lesquels ?
- Où le récit commence-t-il ?

OBSERVATION

- Dans quel ordre le paysage est-il décrit ?
- Que pensez-vous de la manière dont le père Mathieu a baptisé sa statue ?
- Quel rapport les Normands semblent-ils entretenir avec les saints ?
- Que pensez-vous de la prière composée par le père Mathieu ?
- De quelle manière traite-t-il la statue de saint Blanc ? Que nous révèle ce détail ?
- Relevez le champ lexical du commerce.
- Quel est le ton du texte ? Justifiez votre réponse par des exemples précis.
- Étudiez le dialogue entre le père Mathieu et Mélie. Qu'apporte à la tonalité générale du texte le recours au dialecte cauchois ?

INTERPRÉTATIONS

- Ce texte ne contient-il pas une critique des croyances populaires ?
- Le Normand n'est-il pas vu ici à travers un cliché (voir Outils de lecture) ? Lequel ?

Aux champs

Les deux chaumières étaient côte à côte, au pied d'une colline, proches d'une petite ville de bains. Les deux paysans besognaient[1] dur sur la terre inféconde pour élever tous leurs petits. Chaque ménage en avait quatre. Devant les deux portes voisines, toute la marmaille grouillait du matin au soir. Les deux aînés avaient six ans et les deux cadets quinze mois environ ; les mariages, et, ensuite, les naissances s'étaient produites à peu près simultanément dans l'une et l'autre maison.

Les deux mères distinguaient à peine leurs produits dans le tas ; et les deux pères confondaient tout à fait. Les huit noms dansaient dans leur tête, se mêlaient sans cesse ; et, quand il fallait en appeler un, les hommes souvent en criaient trois avant d'arriver au véritable.

La première des deux demeures, en venant de la station d'eaux de Rolleport, était occupée par les Tuvache, qui avaient trois filles et un garçon ; l'autre masure abritait les Vallin, qui avaient une fille et trois garçons.

Tout cela vivait péniblement de soupe, de pommes de terre et de grand air. À sept heures, le matin, puis à midi, puis à six heures, le soir, les ménagères réunissaient leurs mioches pour donner la pâtée, comme des gardeurs d'oies assemblent leurs bêtes. Les enfants étaient assis, par rang d'âge, devant la table en bois, vernie par cinquante ans d'usage. Le dernier moutard avait à peine la bouche au niveau de la planche. On posait devant eux l'assiette creuse pleine de pain molli[2] dans l'eau où avaient cuit les pommes de terre, un demi-chou et

1. **Besogner** : travailler dur.
2. **Molli** : rendu mou.

trois oignons ; et toute la ligne[1] mangeait jusqu'à plus faim. La mère empâtait elle-même le petit. Un peu de viande au pot-au-feu, le dimanche, était une fête pour tous ; et le père, ce jour-là, s'attardait au repas en répétant : « Je m'y ferais bien tous les jours. »

Par un après-midi du mois d'août, une légère voiture s'arrêta brusquement devant les deux chaumières, et une jeune femme, qui conduisait elle-même, dit au monsieur assis à côté d'elle : « Oh ! regarde, Henri, ce tas d'enfants ! Sont-ils jolis, comme ça, à grouiller dans la poussière ! »

L'homme ne répondit rien, accoutumé à ces admirations qui étaient une douleur et presque un reproche pour lui.

La jeune femme reprit : « Il faut que je les embrasse ! Oh ! comme je voudrais en avoir un, celui-là, le tout-petit. »

Et, sautant de la voiture, elle courut aux enfants, prit un des deux derniers, celui des Tuvache, et, l'enlevant dans ses bras, elle le baisa passionnément sur ses joues sales, sur ses cheveux blonds frisés et pommadés de terre, sur ses menottes qu'il agitait pour se débarrasser des caresses ennuyeuses.

Puis elle remonta dans sa voiture et partit au grand trot. Mais elle revint la semaine suivante, s'assit elle-même par terre, prit le moutard dans ses bras, le bourra de gâteaux, donna des bonbons à tous les autres ; et joua avec eux comme une gamine, tandis que son mari attendait patiemment dans sa frêle voiture.

Elle revint encore, fit connaissance avec les parents, reparut tous les jours, les poches pleines de friandises et de sous.

Elle s'appelait Mme Henri d'Hubières.

Un matin, en arrivant, son mari descendit avec elle ; et, sans s'arrêter aux mioches, qui la connaissaient bien maintenant, elle pénétra dans la demeure des paysans.

Ils étaient là, en train de fendre du bois pour la soupe ; ils

---

1. **Ligne :** terme polysémique employé à dessein par Maupassant ; il peut signifier une rangée, mais aussi la lignée, c'est-à-dire tous les descendants d'une même famille.

se redressèrent tout surpris, donnèrent des chaises et attendirent. Alors la jeune femme, d'une voix entrecoupée, tremblante, commença : « Mes braves gens, je viens vous trouver parce que je voudrais bien... je voudrais bien emmener avec moi votre... votre petit garçon... » Les campagnards, stupéfaits et sans idée, ne répondirent pas.

Elle reprit haleine et continua. « Nous n'avons pas d'enfants ; nous sommes seuls, mon mari et moi... Nous le garderions... voulez-vous ? »

La paysanne commençait à comprendre. Elle demanda : « Vous voulez nous prend'e Charlot ? Ah ben non, pour sûr. »

Alors M. d'Hubières intervint : « Ma femme s'est mal expliquée. Nous voulons l'adopter, mais il reviendra vous voir. S'il tourne bien, comme tout porte à le croire, il sera notre héritier. Si nous avions, par hasard, des enfants, il partagerait également avec eux. Mais s'il ne répondait pas à nos soins, nous lui donnerions, à sa majorité, une somme de vingt mille francs, qui sera immédiatement déposée en son nom chez un notaire. Et, comme on a aussi pensé à vous, on vous servira jusqu'à votre mort une rente de cent francs par mois. Avez-vous bien compris ? »

La fermière s'était levée, toute furieuse. « Vous voulez que j'vous vendions Charlot ? Ah ! mais non ; c'est pas des choses qu'on d'mande à une mère, ça ! Ah ! mais non ! Ce s'rait une abomination. »

L'homme ne disait rien, grave et réfléchi ; mais il approuvait sa femme d'un mouvement continu de la tête.

Mme d'Hubières, éperdue, se mit à pleurer, et, se tournant vers son mari, avec une voix pleine de sanglots, une voix d'enfant dont tous les désirs ordinaires sont satisfaits, elle balbutia : « Ils ne veulent pas, Henri, ils ne veulent pas ! »

Alors ils firent une dernière tentative. « Mais, mes amis, songez à l'avenir de votre enfant, à son bonheur, à... »

La paysanne, exaspérée, lui coupa la parole : « C'est tout vu, c'est tout entendu, c'est tout réfléchi... Allez-vous-en, et pi, que j'vous revoie point par ici. C'est-i permis d'vouloir prendre un éfant comme ça ! »

Alors, Mme d'Hubières, en sortant, s'avisa qu'ils étaient deux tout-petits, et elle demanda à travers ses larmes, avec une ténacité de femme volontaire et gâtée, qui ne veut jamais attendre : « Mais l'autre petit n'est pas à vous ? »

Le père Tuvache répondit : « Non, c'est aux voisins ; vous pouvez y aller, si vous voulez. »

Et il rentra dans sa maison, où retentissait la voix indignée de sa femme.

Les Vallin étaient à table, en train de manger avec lenteur des tranches de pain qu'ils frottaient parcimonieusement[1] avec un peu de beurre piqué au couteau, dans une assiette entre eux deux.

M. d'Hubières recommença ses propositions, mais avec plus d'insinuations, de précautions oratoires, d'astuce.

Les deux ruraux hochaient la tête en signe de refus ; mais quand ils apprirent qu'ils auraient cent francs par mois, ils se considérèrent, se consultant de l'œil, très ébranlés.

Ils gardèrent longtemps le silence, torturés, hésitants. La femme enfin demanda : « Qué qu't'en dis, l'homme ? »

Il prononça d'un ton sentencieux : « J'dis qu'c'est point méprisable. »

Alors Mme d'Hubières, qui tremblait d'angoisse, leur parla de l'avenir du petit, de son bonheur, et de tout l'argent qu'il pourrait leur donner plus tard.

Le paysan demanda : « C'te rente de douze cents francs, ce s'ra promis d'vant l'notaire ? »

M. d'Hubières répondit : « Mais certainement, dès demain. »

La fermière, qui méditait, reprit : « Cent francs par mois, c'est point suffisant pour nous priver du p'tit ; ça travaillera dans quéqu'z'ans c't'éfant ; i nous faut cent vingt francs. »

1. **Parcimonieusement** : avec économie.

Mme d'Hubières, trépignant d'impatience, les accorda tout de suite ; et, comme elle voulait enlever l'enfant, elle donna cent francs en cadeau pendant que son mari faisait un écrit. Le maire et un voisin, appelés aussitôt, servirent de témoins complaisants.

Et la jeune femme, radieuse, emporta le marmot hurlant, comme on emporte un bibelot désiré d'un magasin.

Les Tuvache, sur leur porte, le regardaient partir, muets, sévères, regrettant peut-être leur refus.

On n'entendit plus du tout parler du petit Jean Vallin. Les parents, chaque mois, allaient toucher leurs cent vingt francs chez le notaire ; et ils étaient fâchés avec leurs voisins parce que la mère Tuvache les agonisait[1] d'ignominies, répétant sans cesse de porte en porte qu'il fallait être dénaturé pour vendre son enfant, que c'était une horreur, une saleté, une corromperie[2].

Et parfois elle prenait en ses bras son Charlot avec ostentation[3], lui criant, comme s'il eût compris : « J't'ai pas vendu, mé, j't'ai pas vendu, mon p'tiot. J'vends pas m's éfants, mé. J'sieus pas riche, mais vends pas m's'éfants. »

Et, pendant des années et encore des années, ce fut ainsi chaque jour ; chaque jour des allusions grossières qui étaient vociférées[4] devant la porte, de façon à entrer dans la maison voisine. La mère Tuvache avait fini par se croire supérieure à toute la contrée parce qu'elle n'avait pas vendu Charlot. Et ceux qui parlaient d'elle disaient : « J'sais ben que c'était engageant, c'est égal, elle s'a conduite comme une bonne mère. »

On la citait ; et Charlot, qui prenait dix-huit ans, élevé dans cette idée qu'on lui répétait sans répit, se jugeait lui-même supérieur à ses camarades, parce qu'on ne l'avait pas vendu.

1. **Agonisait :** les couvrait d'injures.
2. **Corromperie :** barbarisme volontaire de Maupassant mis pour corruption.
3. **Avec ostentation :** pour être vue.
4. **Vociférées :** hurlées rageusement.

Les Vallin vivotaient à leur aise, grâce à la pension. La fureur inapaisable des Tuvache, restés misérables, venait de là.

Leur fils aîné partit au service. Le second mourut ; Charlot resta seul à peiner avec le vieux père pour nourrir la mère et deux autres sœurs cadettes qu'il avait.

Il prenait vingt et un ans, quand, un matin, une brillante voiture s'arrêta devant les deux chaumières. Un jeune monsieur, avec une chaîne de montre en or, descendit, donnant la main à une vieille dame en cheveux blancs. La vieille dame lui dit : « C'est là, mon enfant, à la seconde maison. »

Et il entra comme chez lui dans la masure[1] des Vallin.

La vieille mère lavait ses tabliers ; le père, infirme, sommeillait près de l'âtre[2]. Tous deux levèrent la tête, et le jeune homme dit : « Bonjour, papa ; bonjour, maman. »

Ils se dressèrent effarés. La paysanne laissa tomber d'émoi son savon dans son eau et balbutia : « C'est-i té, m'n éfant ? C'est-i té, m'n éfant ? »

Il la prit dans ses bras et l'embrassa, en répétant : « Bonjour, maman. » Tandis que le vieux, tout tremblant, disait, de son ton calme qu'il ne perdait jamais : « Te v'là-t'il revenu, Jean ? » Comme s'il l'avait vu un mois auparavant.

Et, quand ils se furent reconnus, les parents voulurent tout de suite sortir le fieu[3] dans le pays pour le montrer. On le conduisit chez le maire, chez l'adjoint, chez le curé, chez l'instituteur.

Charlot, debout sur le seuil de sa chaumière, le regardait passer.

Le soir au souper, il dit aux vieux : « Faut-il qu'vous ayez été sots pour laisser prendre le p'tit aux Vallin ! »

Sa mère répondit obstinément : « J'voulions point vendre not'éfant. »

Le père ne disait rien.

1. **Masure :** misérable demeure.
2. **Âtre :** partie de la cheminée où l'on fait le feu.
3. **Fieu :** en cauchois, enfant.

Le fils reprit : « C'est-il pas malheureux d'être sacrifié comme ça. »

Alors le père Tuvache articula d'un ton coléreux : « Vas-tu pas nous r'procher d't'avoir gardé ? »

Et le jeune homme, brutalement : « Oui, j'vous le r'proche, que vous n'êtes que des niants[1]. Des parents comme vous ça fait l'malheur des éfants. Qu'vous mériteriez que j'vous quitte. »

La bonne femme pleurait dans son assiette. Elle gémit tout en avalant des cuillerées de soupe dont elle répandait la moitié : « Tuez-vous donc pour élever d's éfants ! »

Alors le gars, rudement : « J'aimerais mieux n'être point né que d'être c'que j'suis. Quand j'ai vu l'autre, tantôt, mon sang n'a fait qu'un tour. Je m'suis dit : – v'là c'que j'serais maintenant. »

Il se leva. « Tenez, j'sens bien que je ferai mieux de n'pas rester ici, parce que j'vous le reprocherais du matin au soir, et que j'vous ferais une vie d'misère.

Ça, voyez-vous, j'vous l'pardonnerai jamais ! »

Les deux vieux se taisaient, atterrés, larmoyants.

Il reprit : « Non, c't'idée-là, ce serait trop dur. J'aime mieux m'en aller chercher ma vie aut'part. »

Il ouvrit la porte. Un bruit de voix entra. Les Vallin festoyaient avec l'enfant revenu.

Alors Charlot tapa du pied et, se tournant vers ses parents, cria :

« Manants, va ! »

Et il disparut dans la nuit.

Première publication
dans *Gil Blas*, 31 octobre 1882.
Repris dans le volume *Les Contes de la bécasse*, en 1883.

1. **Niants** : en cauchois, personnes de rien, des riens, des néants.

REPÈRES

- Quel est le type de texte des lignes 1 à 31 ?
- Étudiez l'effet de symétrie des lignes 1 à 17. Que suggère-t-il ?

OBSERVATION

- À la ligne 21, relevez une comparaison que vous commenterez.
- Que pensez-vous de la nourriture donnée aux enfants des deux familles ?
- Étudiez le vocabulaire de la jeune femme évoquant ces enfants, lignes 35-36. Quel procédé traduit la gêne de Mme d'Hubières lorsqu'elle avoue aux paysans son désir d'adoption ?
- Quel argument M. d'Hubières avance-t-il pour persuader les parents d'accepter le principe de cette curieuse adoption ?
- Quel effet le même argument produit-il sur les Vallin ?
- La fermière ne fait-elle pas un calcul plus sordide encore que celui des d'Hubières ? Lequel ?
- Expliquez l'expression : « Le maire et un voisin, appelés aussitôt, servirent de témoins complaisants » et la phrase : « La jeune femme radieuse emporta le marmot hurlant, comme on emporte un bibelot. »

INTERPRÉTATIONS

- Les Tuvache valent-ils mieux que les Vallin ? Pourquoi ?
- Que pensez-vous des reproches adressés par Charlot, adulte, à ses parents ?
- Quel est le rapport du titre avec le récit ?

LA LÉGENDE DU MONT SAINT-MICHEL

JE L'AVAIS VU d'abord de Cancale, ce château de fées planté dans la mer. Je l'avais vu confusément, ombre grise dressée sur le ciel brumeux.

Je le revis d'Avranches, au soleil couchant. L'immensité des sables était rouge, l'horizon était rouge, toute la baie démesurée était rouge ; seule, l'abbaye escarpée, poussée là-bas, loin de la terre, comme un manoir fantastique, stupéfiante comme un palais de rêve, invraisemblablement étrange et belle, restait presque noire dans les pourpres du jour mourant.

J'allai vers elle le lendemain dès l'aube à travers les sables, l'œil tendu sur ce bijou monstrueux, grand comme une montagne, ciselé comme un camée[1], et vaporeux comme une mousseline[2]. Plus j'approchais, plus je me sentais soulevé d'admiration, car rien au monde peut-être n'est plus étonnant et plus parfait.

Et j'errai, surpris comme si j'avais découvert l'habitation d'un dieu à travers ces salles portées par des colonnes légères ou pesantes, à travers ces couloirs percés à jour, levant mes yeux émerveillés sur ces clochetons qui semblent des fusées parties vers le ciel et sur tout cet emmêlement incroyable de tourelles, de gargouilles[3], d'ornements sveltes et charmants, feu d'artifice de pierre, dentelle de granit, chef-d'œuvre d'architecture colossale et délicate.

Comme je restais en extase, un paysan bas-normand

1. **Camée :** pierre ou coquille sculptée en relief.
2. **Mousseline :** tissu léger et transparent.
3. **Gargouilles :** gouttières d'églises ornées de figures diverses.

m'aborda et me raconta l'histoire de la grande querelle de saint Michel avec le diable[1].

Un sceptique de génie a dit : « Dieu a fait l'homme à son image, mais l'homme le lui a bien rendu. »

Ce mot est d'une éternelle vérité et il serait fort curieux de faire dans chaque continent l'histoire de la divinité locale, ainsi que l'histoire des saints patrons dans chacune de nos provinces. Le nègre a des idoles féroces, mangeuses d'hommes ; le mahométan[2] polygame peuple son paradis de femmes ; les Grecs, en gens pratiques, avaient divinisé toutes les passions.

Chaque village de France est placé sous l'invocation d'un saint protecteur, modifié à l'image des habitants.

Or, saint Michel veille sur la Basse-Normandie, saint Michel, l'ange radieux et victorieux, le porte-glaive, le héros du ciel, le triomphant, le dominateur de Satan.

Mais voici comment le Bas-Normand, rusé, cauteleux[3], sournois et chicanier, comprend et raconte la lutte du grand saint avec le diable.

Pour se mettre à l'abri des méchancetés du démon, son voisin, saint Michel construisit lui-même, en plein Océan, cette habitation digne d'un archange[4] ; et, seul, en effet, un pareil saint pouvait se créer une semblable résidence.

Mais comme il redoutait encore les approches du Malin, il entoura son domaine de sables mouvants plus perfides que la mer.

Le diable habitait une humble chaumière sur la côte ; mais il possédait les prairies baignées d'eau salée, les belles terres grasses où poussent les récoltes lourdes, les riches vallées et les coteaux féconds de tout le pays ; tandis que le saint ne

1. **La querelle de Saint-Michel avec le diable :** l'archange Saint-Michel incarne le combat contre le diable, qu'il terrasse.
2. **Mahométan :** musulman.
3. **Cauteleux :** méfiant et rusé en même temps.
4. **Archange :** plus qu'ange (saint Michel, saint Gabriel et saint Raphaël).

régnait que sur les sables. De sorte que Satan était riche, et saint Michel était pauvre comme un gueux[1].

Après quelques années de jeûne, le saint s'ennuya de cet état de choses et pensa à passer un compromis avec le diable ; mais la chose n'était guère facile, Satan tenant à ses moissons.

Il réfléchit pendant six mois ; puis, un matin, il s'achemina vers la terre. Le démon mangeait la soupe devant sa porte quand il aperçut le saint ; aussitôt il se précipita à sa rencontre, baisa le bas de sa manche, le fit entrer et lui offrit de se rafraîchir.

Après avoir bu une jatte[2] de lait, saint Michel prit la parole : « Je suis venu pour te proposer une bonne affaire. »

Le diable, candide et sans défiance, répondit : « Ça me va.

– Voici. Tu me céderas toutes tes terres. »

Satan, inquiet, voulut parler. « Mais... »

Le saint reprit : « Écoute d'abord. Tu me céderas toutes tes terres. Je me chargerai de l'entretien, du travail, des labourages, des semences, du fumage[3], de tout enfin, et nous partagerons la récolte par moitié. Est-ce dit ? »

Le diable, naturellement paresseux, accepta.

Il demanda seulement en plus quelques-uns de ces délicieux surmulets[4] qu'on pêche autour du mont solitaire. Saint Michel promit les poissons.

Ils se tapèrent dans la main, crachèrent de côté pour indiquer que l'affaire était faite, et le saint reprit : « Tiens, je ne veux pas que tu aies à te plaindre de moi. Choisis ce que tu préfères : la partie des récoltes qui sera sur terre ou celle qui restera dans la terre. »

Satan s'écria : « Je prends celle qui sera sur terre.

– C'est entendu », dit le saint. Et il s'en alla.

Or, six mois après, dans l'immense domaine du diable, on

1. **Gueux :** mendiant.
2. **Jatte :** bol sans rebord.
3. **Fumage :** engrais.
4. **Surmulets :** poissons de mer.

ne voyait que des carottes, des navets, des oignons, des salsifis, toutes les plantes dont les racines grasses sont bonnes et savoureuses, et dont la feuille inutile sert tout au plus à nourrir les bêtes.

Satan n'eut rien et voulut rompre le contrat, traitant saint Michel de « malicieux[1] ».

Mais le saint avait pris goût à la culture ; il retourna retrouver le diable : « Je t'assure que je n'y ai point pensé du tout ; ça s'est trouvé comme ça ; il n'y a point de ma faute. Et, pour te dédommager, je t'offre de prendre, cette année, tout ce qui se trouvera sous terre.

– Ça me va », dit Satan.

Au printemps suivant, toute l'étendue des terres de l'Esprit du mal était couverte de blés épais, d'avoines grosses comme des clochetons, de lins, de colzas magnifiques, de trèfles rouges, de pois, de choux, d'artichauts, de tout ce qui s'épanouit au soleil en graines ou en fruits.

Satan n'eut encore rien et se fâcha tout à fait. Il reprit ses prés et ses labours et resta sourd à toutes les ouvertures nouvelles de son voisin.

Une année entière s'écoula. Du haut de son manoir isolé, saint Michel regardait la terre lointaine et féconde, et voyait le diable dirigeant les travaux, rentrant les récoltes, battant ses grains. Et il rageait, s'exaspérant de son impuissance. Ne pouvant plus duper Satan, il résolut de s'en venger, et il alla le prier à dîner pour le lundi suivant.

« Tu n'as pas été heureux dans tes affaires avec moi, disait-il, je le sais ; mais je ne veux pas qu'il reste de rancune entre nous, et je compte que tu viendras dîner avec moi. Je te ferai manger de bonnes choses. »

Satan, aussi gourmand que paresseux, accepta bien vite. Au jour dit, il revêtit ses plus beaux habits et prit le chemin du Mont.

1. **Malicieux** : qui a de mauvaises intentions, comme le diable.

Saint Michel le fit asseoir à une table magnifique. On servit d'abord un vol-au-vent[1] plein de crêtes et de rognons de coq, avec des boulettes de chair à saucisse, puis deux gros surmulets à la crème, puis une dinde blanche pleine de marrons confits dans du vin, puis un gigot de pré-salé, tendre comme du gâteau ; puis des légumes qui fondaient dans la bouche et de la bonne galette chaude, qui fumait en répandant un parfum de beurre.

On but du cidre pur, mousseux et sucré, et du vin rouge et capiteux, et, après chaque plat, on faisait un trou avec de la vieille eau-de-vie de pommes.

Le diable but et mangea comme un coffre, tant et si bien qu'il se trouva gêné[2].

Alors saint Michel, se levant formidable, s'écria d'une voix de tonnerre : « Devant moi ! devant moi, canaille ! Tu oses... devant moi... »

Satan éperdu s'enfuit, et le saint, saisissant un bâton, le poursuivit.

Ils couraient par les salles basses, tournant autour des piliers, montaient les escaliers aériens, galopaient le long des corniches, sautaient de gargouille en gargouille. Le pauvre démon, malade à fendre l'âme, fuyait, souillant la demeure du saint. Il se trouva enfin sur la dernière terrasse, tout en haut, d'où l'on découvre la baie immense avec ses villes lointaines, ses sables et ses pâturages. Il ne pouvait échapper plus longtemps ; et le saint, lui jetant dans le dos un coup de pied furieux, le lança comme une balle à travers l'espace.

Il fila dans le ciel ainsi qu'un javelot, et s'en vint tomber lourdement devant la ville de Mortain. Les cornes de son front et les griffes de ses membres entrèrent profondément dans le rocher, qui garde pour l'éternité les traces de cette chute de Satan.

Il se releva boiteux, estropié jusqu'à la fin des siècles ; et,

1. **Vol-au-vent :** pâte feuilletée garnie d'une préparation en sauce.
2. **Gêné :** qui a trop bien mangé.

regardant au loin le Mont fatal, dressé comme un pic dans le soleil couchant, il comprit bien qu'il serait toujours vaincu dans cette lutte inégale, et il partit en traînant la jambe, se dirigeant vers des pays éloignés, abandonnant à son ennemi ses champs, ses coteaux, ses vallées et ses prés.

Et voilà comment saint Michel, patron des Normands, vainquit le diable.

Un autre peuple avait rêvé autrement cette bataille.

Première publication
dans le journal *Gil Blas*, 19 décembre 1882.
Repris dans le volume *Clair de lune*, en 1884.

REPÈRES

• Repérez le récit encadrant et le récit encadré.

OBSERVATION

• En quoi la description de l'abbaye aux paragraphes 2, 3 et 4 correspond-elle à l'écriture traditionnelle des contes ?
• En relevant des notations précises, évaluez le temps de fiction (voir outils de lecture) de ce récit.
• En quoi le caractère du paysan bas-normand dénature-t-il la légende de saint Michel ?
• Relevez les contrastes entre les terres de l'archange et celles du diable.
• Comment le saint et le démon prennent-ils figure humaine ?
• Quels sont les défauts de Satan ?
• Maupassant présente-t-il ces deux personnages de manière traditionnelle ?

INTERPRÉTATIONS

• Que pensez-vous de cette interprétation de la légende par Maupassant ?
• Quelle est la portée didactique (voir Outils de lecture) de ce conte ?

La Ficelle

Sur toutes les routes autour de Goderville, les paysans et leurs femmes s'en venaient vers le bourg ; car c'était jour de marché. Les mâles allaient, à pas tranquilles, tout le corps en avant à chaque mouvement de leurs longues jambes torses[1], déformées par les rudes travaux, par la pesée sur la charrue qui fait en même temps monter l'épaule gauche et dévier la taille, par le fauchage des blés qui fait écarter les genoux pour prendre un aplomb solide, par toutes les besognes lentes et pénibles de la campagne. Leur blouse bleue, empesée, brillante, comme vernie, ornée au col et aux poignets d'un petit dessin de fil blanc, gonflée autour de leur torse osseux, semblait un ballon prêt à s'envoler, d'où sortaient une tête, deux bras et deux pieds.

Les uns tiraient au bout d'une corde une vache, un veau. Et leurs femmes, derrière l'animal, lui fouettaient les reins d'une branche encore garnie de feuilles, pour hâter sa marche. Elles portaient au bras de larges paniers d'où sortaient des têtes de poulets par-ci, des têtes de canards par-là. Et elles marchaient d'un pas plus court et plus vif que leurs hommes, la taille sèche, droite et drapée dans un petit châle étriqué[2], épinglé sur leur poitrine plate, la tête enveloppée d'un linge blanc collé sur les cheveux et surmontée d'un bonnet.

Puis, un char à bancs passait, au trot saccadé d'un bidet[3], secouant étrangement deux hommes assis côte à côte et une femme dans le fond du véhicule, dont elle tenait le bord pour atténuer les durs cahots.

1. **Torses** : tordues.
2. **Étriqué** : trop serré.
3. **Bidet** : petit cheval.

Sur la place de Goderville, c'était une foule, une cohue d'humains et de bêtes mélangés. Les cornes des bœufs, les hauts chapeaux à longs poils des paysans riches et les coiffes des paysannes émergeaient à la surface de l'assemblée. Et les voix criardes, aiguës, glapissantes formaient une clameur continue et sauvage que dominait parfois un grand éclat poussé par la robuste poitrine d'un campagnard en gaieté, ou le long meuglement d'une vache attachée au mur d'une maison.

Tout cela sentait l'étable, le lait et le fumier, le foin et la sueur, dégageait cette saveur aigre, affreuse, humaine et bestiale, particulière aux gens des champs.

Maître Hauchecorne, de Bréauté, venait d'arriver à Goderville, et il se dirigeait vers la place, quand il aperçut par terre un petit bout de ficelle. Maître Hauchecorne, économe en vrai Normand, pensa que tout était bon à ramasser qui peut servir ; et il se baissa péniblement, car il souffrait de rhumatismes. Il prit, par terre, le morceau de corde mince, et il se disposait à le rouler avec soin, quand il remarqua, sur le seuil de sa porte, maître Malandain, le bourrelier[1], qui le regardait. Ils avaient eu des affaires ensemble au sujet d'un licol, autrefois, et ils étaient restés fâchés, étant rancuniers tous deux. Maître Hauchecorne fut pris d'une sorte de honte d'être vu ainsi, par son ennemi, cherchant dans la crotte un bout de ficelle. Il cacha brusquement sa trouvaille sous sa blouse, puis dans la poche de sa culotte ; puis il fit semblant de chercher encore par terre quelque chose qu'il ne trouvait point, et il s'en alla vers le marché, la tête en avant, courbé en deux par ses douleurs.

Il se perdit aussitôt dans la foule criarde et lente, agitée par les interminables marchandages. Les paysans tâtaient les vaches, s'en allaient, revenaient, perplexes, toujours dans la crainte d'être mis dedans[2], n'osant jamais se décider, épiant

1. **Bourrelier :** artisan fabriquant les pièces de harnais.
2. **Être mis dedans :** être trompé.

l'œil du vendeur, cherchant sans fin à découvrir la ruse de l'homme et le défaut de la bête.

Les femmes, ayant posé à leurs pieds leurs grands paniers, en avaient tiré leurs volailles qui gisaient par terre, liées par les pattes, l'œil effaré, la crête écarlate.

Elles écoutaient les propositions, maintenaient leurs prix, l'air sec, le visage impassible ; ou bien tout à coup, se décidant au rabais proposé, criaient au client qui s'éloignait lentement : « C'est dit, maît' Anthime. J'vous l'donne. »

Puis, peu à peu, la place se dépeupla, et l'angelus[1] sonnant midi, ceux qui demeuraient trop loin se répandirent dans les auberges.

Chez Jourdain, la grande salle était pleine de mangeurs, comme la vaste cour était pleine de véhicules de toute race, charrettes, cabriolets, chars à bancs, tilburys[2], carrioles innommables, jaunes de crotte, déformées, rapiécées, levant au ciel, comme deux bras, leurs brancards, ou bien le nez par terre et le derrière en l'air.

Tout contre les dîneurs attablés, l'immense cheminée, pleine de flamme claire, jetait une chaleur vive dans le dos de la rangée de droite. Trois broches tournaient, chargées de poulets, de pigeons et de gigots ; et une délectable odeur de viande rôtie et de jus ruisselant sur la peau rissolée, s'envolait de l'âtre, allumait les gaietés, mouillait les bouches.

Toute l'aristocratie de la charrue mangeait là, chez maît' Jourdain, aubergiste et maquignon[3], un malin qui avait des écus.

Les plats passaient, se vidaient comme les brocs de cidre jaune. Chacun racontait ses affaires, ses achats et ses ventes. On prenait des nouvelles des récoltes. Le temps était bon pour les verts, mais un peu mucre[4] pour les blés.

1. **Angelus** : sonnerie de cloches à sept heures, midi et dix-neuf heures.
2. **Tilburys** : cabriolets découverts et légers.
3. **Maquignon** : marchand ou revendeur de chevaux peu scrupuleux.
4. **Mucre** : en cauchois, humide.

Tout à coup, le tambour roula, dans la cour, devant la maison. Tout le monde aussitôt fut debout, sauf quelques indifférents, et on courut à la porte, aux fenêtres, la bouche encore pleine et la serviette à la main.

Après qu'il eut terminé son roulement, le crieur public lança d'une voix saccadée, scandant ses phrases à contre-temps : « Il est fait assavoir aux habitants de Goderville, et en général à toutes les personnes présentes au marché, qu'il a été perdu ce matin, sur la route de Beuzeville, entre neuf heures et dix heures, un portefeuille en cuir noir, contenant cinq cents francs et des papiers d'affaires. On est prié de le rapporter à la mairie, incontinent[1], ou chez maître Fortuné Houlbrèque, de Manneville. Il y aura vingt francs de récompense. »

Puis l'homme s'en alla. On entendit encore une fois au loin les battements sourds de l'instrument et la voix affaiblie du crieur.

Alors on se mit à parler de cet événement, en énumérant les chances qu'avait maître Houlbrèque de retrouver ou de ne pas retrouver son portefeuille.

Et le repas s'acheva.

On finissait le café, quand le brigadier de gendarmerie parut sur le seuil.

Il demanda : « Maître Hauchecorne, de Bréauté, est-il ici ? »

Maître Hauchecorne, assis à l'autre bout de la table, répondit : « Me v'là. »

Et le brigadier reprit : « Maître Hauchecorne, voulez-vous avoir la complaisance de m'accompagner à la mairie. M. le maire voudrait vous parler. »

Le paysan, surpris, inquiet, avala d'un coup son petit verre, se leva et, plus courbé encore que le matin, car les premiers

1. **Incontinent** : sur-le-champ, immédiatement.

pas après chaque repos étaient particulièrement difficiles, il se mit en route en répétant : « Me v'là, me v'là. »

Et il suivit le brigadier.

Le maire l'attendait, assis dans un fauteuil. C'était le notaire de l'endroit, homme gros, grave, à phrases pompeuses. « Maître Hauchecorne, dit-il, on vous a vu ce matin ramasser, sur la route de Beuzeville, le portefeuille perdu par maître Houlbrèque, de Manneville. »

Le campagnard, interdit, regardait le maire, apeuré déjà par ce soupçon qui pesait sur lui, sans qu'il comprît pourquoi.

« Mé, mé, j'ai ramassé çu portafeuille ?

– Oui, vous-même.

– Parole d'honneur, je n'en ai seulement point eu connaissance.

– On vous a vu.

– On m'a vu, mé ? Qui ça qui m'a vu ?

– M. Malandain, le bourrelier. »

Alors le vieux se rappela, comprit et, rougissant de colère : « Ah ! i m'a vu, çu manant ! I m'a vu ramasser c'te ficelle-là, tenez, m'sieu le Maire. »

Et, fouillant au fond de sa poche, il en retira le petit bout de corde.

Mais le maire, incrédule, remuait la tête.

« Vous ne me ferez pas accroire, maître Hauchecorne, que M. Malandain, qui est un homme digne de foi, a pris ce fil pour un portefeuille. »

Le paysan, furieux, leva la main, cracha de côté pour attester son honneur, répétant : « C'est pourtant la vérité du bon Dieu, la sainte vérité, m'sieu le Maire. Là, sur mon âme et mon salut, je l'répète. »

Le maire reprit : « Après avoir ramassé l'objet, vous avez même encore cherché longtemps dans la boue, si quelque pièce de monnaie ne s'en était pas échappée. »

Le bonhomme suffoquait d'indignation et de peur.

« Si on peut dire !... si on peut dire... des menteries comme ça pour dénaturer[1] un honnête homme ! Si on peut dire !... »

Il eut beau protester, on ne le crut pas.

Il fut confronté avec M. Malandain, qui répéta et soutint son affirmation. Ils s'injurièrent une heure durant. On fouilla, sur sa demande, maître Hauchecorne.

On ne trouva rien sur lui.

Enfin, le maire, fort perplexe, le renvoya, en le prévenant qu'il allait aviser le parquet et demander des ordres.

La nouvelle s'était répandue. À sa sortie de la mairie, le vieux fut entouré, interrogé avec une curiosité sérieuse ou goguenarde[2], mais où n'entrait aucune indignation. Et il se mit à raconter l'histoire de la ficelle. On ne le crut pas. On riait.

Il allait, arrêté par tous, arrêtant ses connaissances, recommençant sans fin son récit et ses protestations, montrant ses poches retournées, pour prouver qu'il n'avait rien.

On lui disait : « Vieux malin, va ! »

Et il se fâchait, s'exaspérant, enfiévré, désolé de n'être pas cru, ne sachant que faire, et contant toujours son histoire.

La nuit vint. Il fallait partir. Il se mit en route avec trois voisins à qui il montra la place où il avait ramassé le bout de corde ; et tout le long du chemin il parla de son aventure.

Le soir, il fit une tournée dans le village de Bréauté, afin de la dire à tout le monde. Il ne rencontra que des incrédules. Il en fut malade toute la nuit.

Le lendemain, vers une heure de l'après-midi, Marius Paumelle, valet de ferme de maître Breton, cultivateur à Ymauville, rendait le portefeuille et son contenu à maître Houlbrèque, de Manneville.

1. **Pour dénaturer :** pour calomnier.
2. **Goguenarde :** moqueuse.

Cet homme prétendait avoir, en effet, trouvé l'objet sur la route ; mais, ne sachant pas lire, il l'avait rapporté à la maison et donné à son patron.

La nouvelle se répandit aux environs. Maître Hauchecorne en fut informé. Il se mit aussitôt en tournée et commença à narrer son histoire complétée du dénouement. Il triomphait. « C'qui m'faisait deuil[1], disait-il, c'est point tant la chose, comprenez-vous ; mais c'est la menterie. Y a rien qui vous nuit comme d'être en réprobation pour une menterie. »

Tout le jour il parlait de son aventure, il la contait sur les routes aux gens qui passaient, au cabaret aux gens qui buvaient, à la sortie de l'église le dimanche suivant. Il arrêtait des inconnus pour la leur dire. Maintenant, il était tranquille, et pourtant quelque chose le gênait sans qu'il sût au juste ce que c'était. On avait l'air de plaisanter en l'écoutant. On ne paraissait pas convaincu. Il lui semblait sentir des propos derrière son dos.

Le mardi de l'autre semaine, il se rendit au marché de Goderville, uniquement poussé par le besoin de conter son cas.

Malandain, debout sur sa porte, se mit à rire en le voyant passer. Pourquoi ?

Il aborda un fermier de Criquetot, qui ne le laissa pas achever et, lui jetant une tape dans le creux de son ventre, lui cria par la figure : « Gros malin, va ! » Puis lui tourna les talons.

Maître Hauchecorne demeura interdit et de plus en plus inquiet. Pourquoi l'avait-on appelé « gros malin » ?

Quand il fut assis à table, dans l'auberge de Jourdain, il se remit à expliquer l'affaire.

Un maquignon de Montivilliers lui cria :

« Allons, allons vieille pratique[2], je la connais, ta ficelle ! »

Hauchecorne balbutia : « Puisqu'on l'a retrouvé, çu portafeuille ! »

1. **Faire deuil :** faire de la peine.
2. **Vieille pratique :** vieux rusé.

Mais l'autre repris : « Tais-té, mon pé, y en a un qui trouve, et y en a un qui r'porte. Ni vu ni connu, je t'embrouille. »

Le paysan resta suffoqué. Il comprenait enfin. On l'accusait d'avoir fait reporter le portefeuille par un compère, par un complice.

Il voulut protester. Toute la table se mit à rire.

Il ne put achever son dîner et s'en alla, au milieu des moqueries.

Il rentra chez lui, honteux et indigné, étranglé par la colère, par la confusion, d'autant plus atterré qu'il était capable, avec sa finauderie[1] de Normand, de faire ce dont on l'accusait, et même de s'en vanter comme d'un bon tour. Son innocence lui apparaissait confusément comme impossible à prouver, sa malice étant connue. Et il se sentait frappé au cœur par l'injustice du soupçon.

Alors il recommença à conter l'aventure, en allongeant chaque jour son récit, ajoutant chaque fois des raisons nouvelles, des protestations plus énergiques, des serments plus solennels qu'il imaginait, qu'il préparait dans ses heures de solitude, l'esprit uniquement occupé de l'histoire de la ficelle. On le croyait d'autant moins que sa défense était plus compliquée et son argumentation plus subtile. « Ça, c'est des raisons d'menteux », disait-on derrière son dos.

Il le sentait, se rongeait les sangs[2], s'épuisait en efforts inutiles.

Il dépérissait à vue d'œil.

Les plaisants maintenant lui faisaient conter « la Ficelle » pour s'amuser, comme on fait conter sa bataille au soldat qui a fait campagne. Son esprit, atteint à fond, s'affaiblissait.

Vers la fin de décembre, il s'alita.

1. **Finauderie :** ruse.
2. **Se rongeait les sangs :** s'angoissait, se tourmentait.

Il mourut dans les premiers jours de janvier, et, dans le délire de l'agonie, il attestait son innocence, répétant : « Une 'tite ficelle... une 'tite ficelle... t'nez, la voilà, m'sieu le Maire. »

Première publication
dans le journal *Le Gaulois*, 25 novembre 1883.
Repris dans le volume *Miss Harriet*, en 1884.

La Ficelle.
Illustration de G. Nick (XIXe siècle).
Bibliothèque nationale, Paris.

REPÈRES

• À quel type de texte avons-nous affaire aux lignes 1 à 36 ? Quelle est sa fonction ?
• En présence de quel type de narrateur nous trouvons-nous ?

OBSERVATION

• En quoi la scène du marché de Goderville est-elle pittoresque ?
• Quels sens sont sollicités en début de récit ?
• Quel trait de caractère de maître Hauchecorne le narrateur évoque-t-il d'emblée ? Pourquoi ?
• Comment les paysans normands, hommes et femmes, apparaissent-ils ?
• Lignes 73 à 78, relevez deux figures de style et précisez leur fonction.
• Quelle est l'évolution des sentiments de maître Hauchecorne quand il se sait accusé ?
• Faites le schéma narratif de cette nouvelle.

INTERPRÉTATIONS

• Quelle est la portée didactique (voir Outils de lecture) de ce récit ?
• Pourquoi l'écrivain a-t-il choisi cette chute (voir Outils de lecture) ? Quel ton confère-t-elle au texte ?
• En quoi cette histoire est-elle exemplaire ?

Le Modèle

Arrondie en croissant de lune, la petite ville d'Étretat avec ses falaises blanches, son galet blanc et sa mer bleue, reposait sous le soleil d'un grand jour de juillet. Aux deux pointes de ce croissant, les deux portes, la petite à droite, la grande à gauche, avançaient dans l'eau tranquille, l'une son pied de naine, l'autre sa jambe de colosse ; et l'aiguille, presque aussi haute que la falaise, large d'en bas, fine au sommet, pointait vers le ciel sa tête aiguë.

Sur la plage, le long du flot, une foule assise regardait les baigneurs. Sur la terrasse du Casino, une autre foule, assise ou marchant, étalait sous le ciel plein de lumière un jardin de toilettes où éclataient des ombrelles rouges et bleues, avec de grandes fleurs brodées en soie dessus.

Sur la promenade, au bout de la terrasse, d'autres gens, les calmes, les tranquilles, allaient d'un pas lent, loin de la cohue élégante.

Un jeune homme, connu, célèbre, un peintre, Jean Summer, marchait d'un air morne, à côté d'une petite voiture de malade où reposait une jeune femme, sa femme. Un domestique poussait doucement cette sorte de fauteuil roulant, et l'estropiée contemplait d'un œil triste la joie du ciel, la joie du jour, et la joie des autres.

Ils ne parlaient point. Ils ne se regardaient pas. « Arrêtons-nous un peu », dit la femme.

Ils s'arrêtèrent, et le peintre s'assit sur un pliant, que lui présenta le valet.

Ceux qui passaient derrière le couple immobile et muet le regardaient d'un air attristé. Toute une légende de dévouement courait. Il l'avait épousée malgré son infirmité, touché par son amour, disait-on.

Non loin de là, deux jeunes hommes causaient, assis sur un cabestan[1], et le regard perdu vers l'horizon. « Non, ce n'est pas vrai ; je te dis que je connais beaucoup Jean Summer.

– Mais alors, pourquoi l'a-t-il épousée ? Car elle était déjà infirme, lors de son mariage, n'est-ce pas ?

– Parfaitement. Il l'a épousée... il l'a épousée... comme on épouse, parbleu, par sottise !

– Mais encore ?...

– Mais encore... mais encore, mon ami. Il n'y a pas d'encore. On est bête, parce qu'on est bête. Et puis, tu sais bien que les peintres ont la spécialité des mariages ridicules ; ils épousent presque tous des modèles, des vieilles maîtresses, enfin des femmes avariées sous tous les rapports. Pourquoi cela ? Le sait-on ? Il semblerait, au contraire, que la fréquentation constante de cette race de dindes qu'on nomme les modèles aurait dû les dégoûter à tout jamais de ce genre de femelles. Pas du tout. Après les avoir fait poser, ils les épousent. Lis donc ce petit livre, si vrai, si cruel et si beau, d'Alphonse Daudet : *Les Femmes d'artistes*[2].

Pour le couple que tu vois là, l'accident s'est produit d'une façon spéciale et terrible. La petite femme a joué une comédie ou plutôt un drame effrayant. Elle a risqué le tout pour le tout, enfin. Était-elle sincère ? Aimait-elle Jean ? Sait-on jamais cela ? Qui donc pourra déterminer d'une façon précise ce qu'il y a d'âpreté[3] et ce qu'il y a de réel dans les actes des femmes ? Elles sont toujours sincères dans une éternelle mobilité d'impressions. Elles sont emportées, criminelles, dévouées, admirables, et ignobles, pour obéir à d'insaisissables émotions. Elles mentent sans cesse, sans le vouloir, sans le savoir, sans comprendre, et elles ont, avec cela, malgré

1. **Cabestan :** treuil.
2. ***Les Femmes d'artistes* :** recueil de nouvelles d'Alphonse Daudet paru en 1874, œuvre pessimiste appréciée de Maupassant.
3. **Âpreté :** rudesse.

cela, une franchise absolue de sensations et de sentiments qu'elles témoignent par des résolutions violentes, inattendues, incompréhensibles, folles, qui déroutent nos raisonnements, nos habitudes de pondération[1] et toutes nos combinaisons égoïstes. L'imprévu et la brusquerie de leurs déterminations font qu'elles demeurent pour nous d'indéchiffrables énigmes. Nous nous demandons toujours : "Sont-elles sincères ? Sont-elles fausses ?"

Mais, mon ami, elles sont en même temps sincères et fausses, parce qu'il est dans leur nature d'être les deux à l'extrême et de n'être ni l'un ni l'autre.

Regarde les moyens qu'emploient les plus honnêtes pour obtenir de nous ce qu'elles veulent. Ils sont compliqués et simples, ces moyens. Si compliqués que nous ne les devinons jamais à l'avance, si simples qu'après en avoir été les victimes, nous ne pouvons nous empêcher de nous en étonner et de nous dire : "Comment ! elle m'a joué si bêtement que ça ?"

Et elles réussissent toujours, mon bon, surtout quand il s'agit de se faire épouser.

Mais voici l'histoire de Summer.

La petite femme est un modèle, bien entendu. Elle posait chez lui. Elle était jolie, élégante surtout, et possédait, paraît-il, une taille divine. Il devint amoureux d'elle, comme on devient amoureux de toute femme un peu séduisante qu'on voit souvent. Il s'imagina qu'il l'aimait de toute son âme. C'est là un singulier phénomène. Aussitôt qu'on désire une femme, on croit sincèrement qu'on ne pourra plus se passer d'elle pendant tout le reste de sa vie. On sait fort bien que la chose vous est déjà arrivée ; que le dégoût a toujours suivi la possession ; qu'il faut, pour pouvoir user son existence à côté d'un autre être, non pas un brutal appétit physique, bien vite éteint, mais une accordance d'âme, de tempérament et

1. **Pondération :** modération.

d'humeur. Il faut savoir démêler, dans la séduction qu'on subit, si elle vient de la forme corporelle, d'une certaine ivresse sensuelle ou d'un charme profond de l'esprit.

Enfin, il crut qu'il l'aimait ; il lui fit un tas de promesses de fidélité et il vécut complètement avec elle.

Elle était vraiment gentille, douée de cette niaiserie élégante qu'ont facilement les petites Parisiennes. Elle jacassait, elle babillait, elle disait des bêtises qui semblaient spirituelles par la manière drôle dont elles étaient débitées. Elle avait à tout moment des gestes gracieux bien faits pour séduire un œil de peintre. Quand elle levait les bras, quand elle se penchait, quand elle montait en voiture, quand elle vous tendait la main, ses mouvements étaient parfaits de justesse et d'à-propos.

Pendant trois mois, Jean ne s'aperçut point qu'au fond elle ressemblait à tous les modèles.

Ils louèrent pour l'été une petite maison à Andrésy. J'étais là, un soir, quand germèrent les premières inquiétudes dans l'esprit de mon ami.

Comme il faisait une nuit radieuse, nous voulûmes faire un tour au bord de la rivière. La lune versait dans l'eau frissonnante une pluie de lumière, émiettait ses reflets jaunes dans les remous, dans le courant, dans tout le large fleuve lent et fuyant.

Nous allions le long de la rive, un peu grisés par cette vague exaltation que jettent en nous ces soirs de rêve. Nous aurions voulu accomplir des choses surhumaines, aimer des êtres inconnus, délicieusement poétiques. Nous sentions frémir en nous des extases, des désirs, des aspirations étranges. Et nous nous taisions, pénétrés par la sereine et vivante fraîcheur de la nuit charmante, par cette fraîcheur de la lune qui semble traverser le corps, le pénétrer, baigner l'esprit, le parfumer et le tremper de bonheur.

Tout à coup Joséphine (elle s'appelle Joséphine) poussa un cri : "Oh ! as-tu vu le gros poisson qui a sauté là-bas ?"

Il répondit sans regarder, sans savoir : "Oui, ma chérie."

Elle se fâcha. “Non, tu ne l’as pas vu, puisque tu avais le dos tourné.”

Il sourit : “Oui, c’est vrai. Il fait si bon que je ne pense à rien.”

Elle se tut ; mais, au bout d’une minute, un besoin de parler la saisit, et elle demanda : “Iras-tu demain à Paris ?”

Il prononça : “Je n’en sais rien.”

Elle s’irritait de nouveau : “Si tu crois que c’est amusant, ta promenade sans rien dire ! On parle, quand on n’est pas bête”.

Il ne répondit pas. Alors, sentant bien, grâce à son instinct pervers de femme, qu’elle allait l’exaspérer, elle se mit à chanter cet air irritant dont on nous a tant fatigué les oreilles et l’esprit depuis deux ans.

Je regardais en l’air[1].

Il murmura : “Je t’en prie, tais-toi.”

Elle prononça, furieuse : “Pourquoi veux-tu que je me taise ?”

Il répondit : “Tu nous gâtes le paysage.”

Alors la scène arriva, la scène odieuse, imbécile, avec les reproches inattendus, les récriminations intempestives[2], puis les larmes. Tout y passa. Ils rentrèrent. Il l’avait laissée aller, sans répliquer, engourdi par cette soirée divine, et atterré par cet orage de sottises.

Trois mois plus tard, il se débattait éperdument dans ces liens invincibles et invisibles, dont une habitude pareille enlace notre vie. Elle le tenait, l’opprimait, le martyrisait. Ils se querellaient du matin au soir, s’injuriaient et se battaient.

À la fin, il voulut en finir, rompre à tout prix. Il vendit toutes ses toiles, emprunta de l’argent aux amis, réalisa[3]

1. **Je regardais en l’air :** début des Cloches de Corneville, opérette créée par Robert Planquette en 1877.
2. **Intempestives :** inconvenantes.
3. **Réalisa :** troqua ses toiles contre de l’argent liquide.

vingt mille francs (il était encore peu connu) et il les laissa un matin sur la cheminée avec une lettre d'adieu.

Il vint se réfugier chez moi.

Vers trois heures de l'après-midi, on sonna. J'allai ouvrir. Une femme me sauta au visage, me bouscula, entra et pénétra dans mon atelier : c'était elle. Il s'était levé en la voyant paraître.

Elle lui jeta aux pieds l'enveloppe contenant les billets de banque, avec un geste vraiment noble, et, d'une voix brève : “Voici votre argent. Je n'en veux pas.”

Elle était fort pâle, tremblante, prête assurément à toutes les folies. Quant à lui, je le voyais pâlir aussi, pâlir de colère et d'exaspération, prêt, peut-être, à toutes les violences.

Il demanda : “Qu'est-ce que vous voulez ?”

Elle répondit : “Je ne veux pas être traitée comme une fille[1]. Vous m'avez implorée, vous m'avez prise. Je ne vous demandais rien. Gardez-moi !”

Il frappa du pied : “Non, c'est trop fort ! Si tu crois que tu vas...”

Je lui avais saisi le bras. “Tais-toi, Jean. Laisse-moi faire.”

J'allai vers elle, et doucement, peu à peu, je lui parlai raison, je vidai le sac des arguments qu'on emploie en pareille circonstance. Elle m'écoutait immobile, l'œil fixe, obstinée et muette.

À la fin, ne sachant plus que dire, et voyant que la scène allait mal finir, je m'avisai d'un dernier moyen. Je prononçai : “Il t'aime toujours, ma petite ; mais sa famille veut le marier, et tu comprends !...”

Elle eut un sursaut : “Ah !...ah !...je comprends alors...”

Et, se tournant vers lui : “Tu vas... tu vas... te marier ?”

Il répondit carrément : “Oui.”

Elle fit un pas : “Si tu te maries, je me tue... tu entends.”

Il prononça en haussant les épaules : “Eh bien... tue toi !”

1. **Une fille :** ici, prostituée.

Elle articula deux ou trois fois, la gorge serrée par une angoisse effroyable : “Tu dis ?... tu dis ?...tu dis ?... répète !”

Il répéta : “Eh bien, tue-toi, si cela te fait plaisir !”

Elle reprit, toujours effrayante de pâleur : “Il ne faudrait pas m’en défier. Je me jetterais par la fenêtre.”

Il se mit à rire, s’avança vers la fenêtre, l’ouvrit, et, saluant comme une personne qui fait des cérémonies pour ne point passer la première : “Voici la route. Après vous !”

Elle le regarda une seconde d’un œil fixe, terrible, affolé ; puis, prenant son élan comme pour sauter une haie dans les champs, elle passa devant moi, devant lui, franchit la balustrade et disparut...

Je n’oublierai jamais l’effet que me fit cette fenêtre ouverte, après l’avoir vu traverser par ce corps qui tombait ; elle me parut en une seconde grande comme le ciel et vide comme l’espace. Et je reculai instinctivement, n’osant pas regarder, comme si j’allais tomber moi-même.

Jean, éperdu, ne faisait pas un geste.

On rapporta la pauvre fille avec les deux jambes brisées. Elle ne marchera plus jamais.

Son amant, fou de remords et peut-être aussi de reconnaissance, l’a reprise et épousée.

Voilà, mon cher. »

Le soir venait. La jeune femme, ayant froid, voulut partir ; et le domestique se remit à rouler vers le village la petite voiture d’invalide. Le peintre marchait à côté de sa femme, sans qu’ils eussent échangé un mot, depuis une heure.

Première publication
dans le journal *Le Gaulois*, 17 décembre 1883.
Repris dans le volume *Le Rosier de Mme Husson*, en 1888.

REPÈRES

- De quelle manière le récit s'ouvre-t-il ?
- Par quel type de narrateur est-il pris en charge jusqu'à la ligne 32 ?
- À partir de la ligne 32, qui devient narrateur ?
- À propos des lignes 32 à 81, ne peut-on pas parler de digression ? Dans l'affirmative, quelle serait sa fonction ?

OBSERVATION

- Relevez dans le premier paragraphe plusieurs personnifications décrivant le paysage.
- Aux lignes 21-22, quel est l'effet de la répétition du mot « joie » ?
- Brossez le portrait du modèle.
- Aux lignes 113 à 126, étudiez la valeur de l'évocation de la nuit. Quelle attitude provoque-t-elle chez Jean ?
- Comment le caractère de Joséphine évolue-t-il ?
- Étudiez l'effet de crescendo de la scène de dispute.
- En quoi peut-on parler ici de dramatisation théâtrale ?

INTERPRÉTATIONS

- Pourquoi Jean Summer a-t-il épousé Joséphine ?
- Ce texte ne révèle-t-il pas la misogynie de Maupassant ? Expliquez.
- Quel regard porte-t-il sur l'amour ?

LE PETIT FÛT

MAÎTRE CHICOT, l'aubergiste d'Épreville, arrêta son tilbury devant la ferme de la mère Magloire. C'était un grand gaillard de quarante ans, rouge et ventru, et qui passait pour malicieux[1].

Il attacha son cheval au poteau de la barrière, puis il pénétra dans la cour. Il possédait un bien attenant aux terres de la vieille, qu'il convoitait depuis longtemps. Vingt fois il avait essayé de les acheter, mais la mère Magloire s'y refusait avec obstination. « J'y sieus née, j'y mourrai », disait-elle.

Il la trouva épluchant des pommes de terre devant sa porte. Âgée de soixante-douze ans, elle était sèche, ridée, courbée, mais infatigable comme une jeune fille. Chicot lui tapa dans le dos avec amitié, puis s'assit près d'elle sur un escabeau. « Eh bien ! la mère, et c'te santé, toujours bonne ?

– Pas trop mal, et vous, maît' Prosper ?

– Eh ! eh ! quéques douleurs ; sans ça, ce s'rait à satisfaction.

– Allons, tant mieux ! »

Et elle ne dit plus rien. Chicot la regardait accomplir sa besogne. Ses doigts crochus, noués, durs comme des pattes de crabe, saisissaient à la façon de pinces les tubercules[2] grisâtres dans une manne[3], et vivement elle les faisait tourner, enlevant de longues bandes de peau sous la lame d'un vieux couteau qu'elle tenait de l'autre main. Et, quand la pomme de terre était devenue toute jaune, elle la jetait dans un seau d'eau. Trois poules hardies s'en venaient l'une après l'autre

1. **Malicieux :** rusé.
2. **Tubercules :** racines comestibles.
3. **Manne :** panier d'osier.

jusque dans ses jupes ramasser les épluchures, puis se sauvaient à toutes pattes, portant au bec leur butin.

Chicot semblait gêné, hésitant, anxieux, avec quelque chose sur la langue qui ne voulait pas sortir. À la fin, il se décida : « Dites donc, mère Magloire...

– Qué qu'i a pour votre service ?

– C'te ferme, vous n'voulez toujours point m'la vendre ?

– Pour ça non. N'y comptez point. C'est dit, c'est dit, n'y r'venez pas.

– C'est qu'j'ai trouvé un arrangement qui f'rait notre affaire à tous les deux.

– Qué qu'c'est ?

– Le v'là. Vous m'la vendez, et pi vous la gardez tout d'même. Vous n'y êtes point ? Suivez ma raison[1]. »

La vieille cessa d'éplucher ses légumes et fixa sur l'aubergiste ses yeux vifs sous leurs paupières fripées.

Il reprit : « Je m'explique. J'vous donne chaque mois cent cinquante francs. Vous entendez bien : chaque mois j'vous apporte ici, avec mon tilbury, trente écus de cent sous[2]. Et pi n'y a rien de changé de plus, rien de rien ; vous restez chez vous, vous n'vous occupez point de mé, vous n'me d'vez rien. Vous n'faites que prendre mon argent. Ça vous va-t-il ? »

Il la regardait d'un air joyeux, d'un air de bonne humeur.

La vieille le considérait avec méfiance, cherchant le piège. Elle demanda : « Ça, c'est pour mé ; mais pour vous, c'te ferme, ça n'vous la donne point ? »

Il reprit : « N'vous tracassez point de ça. Vous restez tant que l'bon Dieu vous laissera vivre. Vous êtes chez vous. Seulement vous m'ferez un p'tit papier chez l'notaire pour qu'après vous ça me revienne. Vous n'avez point d'éfants, rien qu'des neveux que vous n'y tenez guère. Ça vous va-t-il ? Vous gardez votre bien votre vie durant, et j'vous donne trente écus de cent sous par mois. C'est tout gain pour vous. »

1. **Ma raison :** mon raisonnement.
2. **Cent sous :** cent fois cinq centimes.

La vieille demeurait surprise, inquiète, mais tentée. Elle répliqua : « Je n'dis point non. Seulement, j'veux m'faire une raison là-dessus. Rev'nez causer d'ça dans l'courant d'l'autre semaine. J'vous f'rai une réponse d'mon idée. »

Et maître Chicot s'en alla, content comme un roi qui vient de conquérir un empire.

La mère Magloire demeura songeuse. Elle ne dormit pas la nuit suivante. Pendant quatre jours, elle eut une fièvre d'hésitation. Elle flairait bien quelque chose de mauvais pour elle là-dedans, mais la pensée des trente écus par mois, de ce bel argent sonnant qui s'en viendrait couler dans son tablier, qui lui tomberait comme ça du ciel, sans rien faire, la ravageait de désir.

Alors elle alla trouver le notaire et lui conta son cas. Il lui conseilla d'accepter la proposition de Chicot, mais en demandant cinquante écus de cent sous au lieu de trente, sa ferme valant au bas mot soixante mille francs.

« Si vous vivez quinze ans, disait le notaire, il ne la paiera encore de cette façon, que quarante-cinq mille francs »

La vieille frémit à cette perspective de cinquante écus de cent sous par mois ; mais elle se méfiait toujours, craignant mille choses imprévues, des ruses cachées, et elle demeura jusqu'au soir à poser des questions, ne pouvant se décider à partir. Enfin elle ordonna de préparer l'acte[1], et elle rentra troublée comme si elle eût bu quatre pots[2] de cidre nouveau.

Quand Chicot vint pour savoir la réponse, elle se fit longtemps prier, déclarant qu'elle ne voulait pas, mais rongée par la peur qu'il ne consentît point à donner les cinquante pièces de cent sous. Enfin, comme il insistait, elle énonça ses prétentions.

Il eut un sursaut de désappointement[3] et refusa.

Alors, pour le convaincre, elle se mit à raisonner sur la

1. **Préparer l'acte :** préparer l'acte notarial.
2. **Quatre pots :** huit litres.
3. **Désappointement :** déception.

durée probable de sa vie. « Je n'en ai pas pour pu de cinq à six ans pour sûr. Me v'là sur mes soixante-treize, et pas vaillante avec ça. L'aut'e soir, je crûmes que j'allais passer. Il me semblait qu'on me vidait l'corps, qu'il a fallu me porter à mon lit. »

Mais Chicot ne se laissait pas prendre. « Allons, allons, vieille pratique, vous êtes solide comme l'clocher d'l'église. Vous vivrez pour le moins cent dix ans. C'est vous qui m'enterrerez, pour sûr. »

Tout le jour fut encore perdu en discussions. Mais, comme la vieille ne céda pas, l'aubergiste, à la fin, consentit à donner les cinquante écus.

Ils signèrent l'acte le lendemain. Et la mère Magloire exigea dix écus de pots-de-vin[1].

Trois ans s'écoulèrent. La bonne femme se portait comme un charme. Elle paraissait n'avoir pas vieilli d'un jour, et Chicot se désespérait. Il lui semblait, à lui, qu'il payait cette rente depuis un demi-siècle, qu'il était trompé, floué[2], ruiné. Il allait de temps en temps rendre visite à la fermière, comme on va voir, en juillet, dans les champs, si les blés sont mûrs pour la faux. Elle le recevait avec une malice dans le regard. On eût dit qu'elle se félicitait du bon tour qu'elle lui avait joué ; et il remontait bien vite dans son tilbury en murmurant : « Tu ne crèveras donc point, carcasse ! »

Il ne savait que faire. Il eût voulu l'étrangler en la voyant. Il la haïssait d'une haine féroce, sournoise, d'une haine de paysan volé.

Alors il chercha des moyens.

Un jour enfin, il s'en revint la voir en se frottant les mains, comme il faisait la première fois lorsqu'il lui avait proposé le marché.

Et après avoir causé quelques minutes : « Dites donc, la

1. **Pots-de-vin :** somme qui, dans un marché, se donne en dehors du prix convenu.
2. **Floué :** volé, dupé.

mère, pourquoi que vous ne v'nez point dîner à la maison, quand vous passez à Épreville ? On en jase[1] ; on dit comme ça que j'sommes pu amis, et ça me fait deuil. Vous savez, chez mé, vous ne paierez point. J'suis pas regardant à un dîner. Tant que le cœur vous en dira, v'nez sans retenue, ça m'fera plaisir. »

La mère Magloire ne se le fit point répéter, et le surlendemain, comme elle allait au marché dans sa carriole conduite par son valet Célestin, elle mit sans gêne son cheval à l'écurie chez maître Chicot, et réclama le dîner promis.

L'aubergiste, radieux, la traita comme une dame, lui servit du poulet, du boudin, de l'andouille, du gigot et du lard aux choux. Mais elle ne mangea presque rien, sobre depuis son enfance, ayant toujours vécu d'un peu de soupe et d'une croûte de pain beurrée.

Chicot insistait, désappointé. Elle ne buvait pas non plus. Elle refusa de prendre du café.

Il demanda : « Vous accepterez toujours bien un p'tit verre.

– Ah ! pour ça, oui. Je ne dis pas non. »

Et il cria de tous ses poumons, à travers l'auberge : « Rosalie, apporte la fine, la surfine, le fil-en-dix[2]. »

Et la servante apparut, tenant une longue bouteille ornée d'une feuille de vigne en papier.

Il emplit deux petits verres. « Goûtez ça, la mère, c'est de la fameuse. »

Et la bonne femme se mit à boire tout doucement, à petites gorgées, faisant durer le plaisir. Quand elle eut vidé son verre, elle l'égoutta, puis déclara : « Ça oui, c'est de la fine. »

Elle n'avait point fini de parler que Chicot lui en versait un second coup. Elle voulut refuser, mais il était trop tard, et elle le dégusta longuement, comme le premier.

Il voulut alors lui faire accepter une troisième tournée, mais elle résista. Il insistait : « Ça, c'est du lait, voyez-vous ; mé,

1. **On en jase :** on en parle en s'en moquant.
2. **Fil-en-dix :** eau-de-vie la plus forte.

j'en bois dix, douze sans embarras. Ça passe comme du sucre. Rien au ventre, rien à la tête ; on dirait que ça s'évapore sur la langue. Y a rien de meilleur pour la santé ! »

Comme elle en avait bien envie, elle céda, mais elle n'en prit que la moitié du verre.

Alors Chicot, dans un élan de générosité, s'écria : « T'nez, puisqu'elle vous plaît, j'vas vous en donner un p'tit fût, histoire de vous montrer que j'sommes toujours une paire d'amis. »

La bonne femme ne dit pas non et s'en alla, un peu grise.

Le lendemain, l'aubergiste entra dans la cour de la mère Magloire, puis tira du fond de sa voiture une petite barrique cerclée de fer. Puis il voulut lui faire goûter le contenu, pour prouver que c'était bien la même fine ; et, quand ils en eurent encore bu chacun trois verres, il déclara, en s'en allant : « Et puis, vous savez, quand n'y en aura pu, y en a encore ; n'vous gênez point. Je n'suis pas regardant. Pu tôt que ce sera fini, pu que je serai content. »

Et il remonta dans son tilbury.

Il revint quatre jours plus tard. La vieille était devant sa porte, occupée à couper le pain de la soupe.

Il s'approcha, lui dit bonjour, lui parla dans le nez, histoire de sentir son haleine. Et il reconnut un souffle d'alcool. Alors son visage s'éclaira. « Vous m'offrirez bien un verre de fil ? » dit-il.

Et ils trinquèrent deux ou trois fois.

Mais bientôt le bruit courut dans la contrée que la mère Magloire s'ivrognait toute seule. On la ramassait tantôt dans sa cuisine, tantôt dans sa cour, tantôt dans les chemins des environs, et il fallait la rapporter chez elle, inerte comme un cadavre.

Chicot n'allait plus chez elle, et, quand on lui parlait de la paysanne, il murmurait avec un visage triste : « C'est-il pas malheureux, à son âge, d'avoir pris c't'habitude-là ? Voyez-vous, quand on est vieux, y a pas de ressource. Ça finira bien par lui jouer un mauvais tour ! »

Ça lui joua un mauvais tour, en effet. Elle mourut l'hiver suivant, vers la Noël, étant tombée, soûle, dans la neige.

Et maître Chicot hérita de la ferme, en déclarant : « C'te manante, si alle s'était point boissonnée, alle en avait bien pour dix ans de plus. »

Première publication
dans le journal *Le Gaulois*, 7 avril 1884.
Repris dans le volume *Les Sœurs Rondoli*, en 1884.

Le Petit Fût.
Illustration de G. Nick.
Bibliothèque nationale, Paris.

REPÈRES

• Le texte s'ouvre-t-il par une description ou par un récit ? Justifiez votre réponse en vous fondant sur le temps grammatical employé dans l'incipit (voir Outils de lecture).

OBSERVATION

• À la ligne 29, relevez et commentez une figure de style, faites de même pour les lignes 109 et 144.
• Sur le conseil de son notaire, la vieille réclame 50 écus au lieu de 30. Comparez cette surenchère avec celle de la mère Vallin dans *Aux champs*.
• Étudiez la métaphore de la ligne 111.
• Aux lignes134-140, quel est le trait de caractère mis en avant ?
• Appréciez la phrase de Chicot : « Pu tôt que ce sera fini, pu que je serai content. »
• Étudiez la manière dont la vieille se laisse prendre dans l'engrenage de l'alcool.

INTERPRÉTATIONS

• Comparez l'état de santé de la mère Magloire au début du récit avec ce qu'elle est devenue à la fin.
• Le notaire émet ligne 77 une hypothèse sur l'espérance de vie de la mère Magloire ; ligne 99, Chicot lui lance une prophétie. Finalement, combien de temps vivra-t-elle après avoir signé l'acte notarial ?
• Quel trait de caractère définirait le mieux Chicot ?
• Quelle serait la morale de ce conte ?

LE CRIME AU PÈRE BONIFACE

CE JOUR-LÀ le facteur Boniface, en sortant de la maison de poste, constata que sa tournée serait moins longue que de coutume, et il en ressentit une joie vive. Il était chargé de la campagne autour du bourg de Vireville, et, quand il revenait, le soir, de son long pas fatigué, il avait parfois plus de quarante kilomètres dans les jambes.

Donc la distribution serait vite faite ; il pourrait même flâner un peu en route et rentrer chez lui vers trois heures de relevée[1]. Quelle chance !

Il sortit du bourg par le chemin de Sennemare et commença sa besogne. On était en juin, dans le mois vert et fleuri, le vrai mois des plaines.

L'homme, vêtu de sa blouse bleue et coiffé d'un képi noir à galon rouge, traversait, par des sentiers étroits, les champs de colza, d'avoine ou de blé, enseveli jusqu'aux épaules dans les récoltes ; et sa tête, passant au-dessus des épis, semblait flotter sur une mer calme et verdoyante qu'une brise légère faisait mollement onduler.

Il entrait dans les fermes par la barrière de bois plantée dans les talus qu'ombrageaient deux rangées de hêtres, et saluant par son nom le paysan : « Bonjour, maît' Chicot », il lui tendait son journal *Le Petit Normand.*

Le fermier essuyait sa main à son fond de culotte, recevait la feuille de papier et la glissait dans sa poche pour la lire à son aise après le repas de midi. Le chien, logé dans un baril, au pied d'un pommier penchant, jappait avec fureur en tirant

1. **De relevée :** d'après-midi.

sur sa chaîne ; et le piéton[1], sans se retourner, repartait de son allure militaire, en allongeant ses grandes jambes, le bras gauche sur sa sacoche, et le droit manœuvrant sur sa canne qui marchait comme lui d'une façon continue et pressée.

Il distribua ses imprimés et ses lettres dans le hameau de Sennemare, puis il se remit en route à travers champs pour porter le courrier du percepteur qui habitait une petite maison isolée à un kilomètre du bourg.

C'était un nouveau percepteur, M. Chapatis, arrivé la semaine dernière et marié depuis peu.

Il recevait un journal de Paris, et, parfois, le facteur Boniface, quand il avait le temps, jetait un coup d'œil sur l'imprimé, avant de le remettre au destinataire.

Donc, il ouvrit sa sacoche, prit la feuille, la fit glisser hors de sa bande, la déplia, et se mit à lire tout en marchant. La première page ne l'intéressait guère ; la politique le laissait froid ; il passait toujours la finance, mais les faits divers le passionnaient.

Ils étaient très nourris ce jour-là. Il s'émut même si vivement au récit d'un crime accompli dans le logis d'un garde-chasse, qu'il s'arrêta au milieu d'une pièce[2] de trèfle, pour le relire lentement. Les détails étaient affreux. Un bûcheron, en passant au matin auprès de la maison forestière, avait remarqué un peu de sang sur le seuil, comme si on avait saigné du nez. « Le garde aura tué quelque lapin cette nuit », pensa-t-il ; mais en approchant il s'aperçut que la porte demeurait entrouverte et que la serrure avait été brisée.

Alors, saisi de peur, il courut au village prévenir le maire, celui-ci prit comme renfort le garde champêtre et l'instituteur : et les quatre hommes revinrent ensemble. Ils trouvèrent le forestier égorgé devant la cheminée, sa femme étranglée sous le lit, et leur petite fille, âgée de six ans, étouffée entre deux matelas.

1. **Piéton :** le facteur.
2. **Pièce :** parcelle, champ.

Le facteur Boniface demeura tellement ému à la pensée de cet assassinat dont toutes les horribles circonstances lui apparaissaient coup sur coup, qu'il se sentit une faiblesse dans les jambes, et il prononça tout haut : « Nom de nom, y a-t-il tout de même des gens qui sont canailles[1] ! »

Puis il repassa le journal dans sa ceinture de papier et repartit, la tête pleine de la vision du crime. Il atteignit bientôt la demeure de M. Chapatis ; il ouvrit la barrière du petit jardin et s'approcha de la maison. C'était une construction basse, ne contenant qu'un rez-de-chaussée, coiffé d'un toit mansardé. Elle était éloignée de cinq cents mètres au moins de la maison la plus voisine.

Le facteur monta les deux marches du perron, posa la main sur la serrure, essaya d'ouvrir la porte et constata qu'elle était fermée. Alors, il s'aperçut que les volets n'avaient point été ouverts, et que personne encore n'était sorti ce jour-là.

Une inquiétude l'envahit, car M. Chapatis, depuis son arrivée, s'était levé assez tôt. Boniface tira sa montre. Il n'était encore que sept heures dix minutes du matin, il se trouvait donc en avance de près d'une heure. N'importe, le percepteur aurait dû être debout.

Alors il fit le tour de la demeure en marchant avec précaution, comme s'il eût couru quelque danger. Il ne remarqua rien de suspect, que des pas d'homme dans une plate-bande de fraisiers.

Mais tout à coup, il demeura immobile, perclus[2] d'angoisse, en passant devant une fenêtre. On gémissait dans la maison.

Il s'approcha, et enjambant une bordure de thym, colla son oreille contre l'auvent pour mieux écouter ; assurément on gémissait. Il entendait fort bien de longs soupirs douloureux, une sorte de râle, un bruit de lutte. Puis, les gémissements devinrent plus forts, plus répétés, s'accentuèrent encore, se changèrent en cris.

---

1. **Canailles** : sans moralité.
2. **Perclus** : qui ne peut plus bouger.

Alors Boniface, ne doutant plus qu'un crime s'accomplissait en ce moment-là même, chez le percepteur, partit à toutes jambes, retraversa le petit jardin, s'élança à travers la plaine, à travers les récoltes, courant à perdre haleine, secouant sa sacoche qui lui battait les reins, et il arriva, exténué, haletant, éperdu, à la porte de la gendarmerie.

Le brigadier Malautour raccommodait une chaise brisée, au moyen de pointes et d'un marteau. Le gendarme Rautier tenait entre ses jambes le meuble avarié[1] et présentait un clou sur les bords de la cassure ; alors le brigadier, mâchant sa moustache, les yeux ronds et mouillés d'attention, tapait à tous coups sur les doigts de son subordonné.

Le facteur, dès qu'il les aperçut, s'écria : « Venez vite, on assassine le percepteur, vite, vite ! »

Les deux hommes cessèrent leur travail et levèrent la tête, ces têtes étonnées de gens qu'on surprend et qu'on dérange.

Boniface, les voyant plus surpris que pressés, répéta : « Vite, vite ! Les voleurs sont dans la maison, j'ai entendu les cris, il n'est que temps. »

Le brigadier, posant son marteau par terre, demanda : « Qu'est-ce qui vous a donné connaissance de ce fait ? »

Le facteur reprit : « J'allais porter le journal avec deux lettres quand je remarquai que la porte était fermée et que le percepteur n'était pas levé. Je fis le tour de la maison pour me rendre compte, et j'entendis qu'on gémissait comme si on eût étranglé quelqu'un ou qu'on lui eût coupé la gorge, alors je m'en suis parti au plus vite pour vous chercher. Il n'est que temps. »

Le brigadier se redressant, reprit : « Et vous n'avez pas porté secours en personne ? »

Le facteur effaré répondit : « Je craignais de n'être pas en nombre suffisant »

1. **Avarié** : endommagé.

Alors le gendarme, convaincu, annonça : « Le temps de me vêtir et je vous suis. »

Et il entra dans la gendarmerie, suivi par son soldat qui rapportait la chaise.

Ils reparurent presque aussitôt, et tous trois se mirent en route, au pas gymnastique, pour le lieu du crime.

En arrivant près de la maison, ils ralentirent leur allure par précaution, et le brigadier tira son revolver, puis ils pénétrèrent tout doucement dans le jardin et s'approchèrent de la muraille. Aucune trace nouvelle n'indiquait que les malfaiteurs fussent partis. La porte demeurait fermée, les fenêtres closes.

« Nous les tenons », murmura le brigadier.

Le père Boniface, palpitant d'émotion, le fit passer de l'autre côté, et, lui montrant un auvent : « C'est là », dit-il.

Et le brigadier s'avança tout seul, et colla son oreille contre la planche. Les deux autres attendaient, prêts à tout, les yeux fixés sur lui.

Il demeura longtemps immobile, écoutant. Pour mieux approcher sa tête du volet de bois, il avait ôté son tricorne[1] et le tenait de sa main droite.

Qu'entendait-il ? Sa figure impassible ne révélait rien, mais soudain sa moustache se retroussa, ses joues se plissèrent comme pour un rire silencieux, et enjambant de nouveau la bordure de buis, il revint vers les deux hommes, qui le regardaient avec stupeur.

Puis il leur fit signe de le suivre en marchant sur la pointe des pieds ; et, revenant devant l'entrée, il enjoignit à Boniface de glisser sous la porte le journal et les lettres.

Le facteur, interdit, obéit cependant avec docilité.

« Et maintenant, en route », dit le brigadier.

Mais dès qu'ils eurent passé la barrière, il se retourna vers le piéton, et, d'un air goguenard, la lèvre narquoise, l'œil

1. **Tricorne** : chapeau à trois bords.

retroussé et brillant de joie : « Que vous êtes un malin, vous ? »

Le vieux demanda : « De quoi ? j'ai entendu, j'vous jure que j'ai entendu. »

Mais le gendarme, n'y tenant plus, éclata de rire. Il riait comme on suffoque, les deux mains sur le ventre, plié en deux, l'œil plein de larmes, avec d'affreuses grimaces autour du nez. Et les deux autres, affolés, le regardaient.

Mais comme il ne pouvait parler, ni cesser de rire, ni faire comprendre ce qu'il avait, il fit un geste, un geste populaire et polisson.

Comme on ne le comprenait toujours pas, il le répéta, plusieurs fois de suite, en désignant d'un signe de tête la maison toujours close.

Et son soldat, comprenant brusquement à son tour, éclata d'une gaieté formidable.

Le vieux demeurait stupide entre ces deux hommes, qui se tordaient.

Le brigadier, à la fin, se calma, et lançant dans le ventre du vieux une grande tape d'homme qui rigole, il s'écria : « Ah ! farceur, sacré farceur, je le retiendrai l'crime au père Boniface ! »

Le facteur ouvrait des yeux énormes et il répéta : « J'vous jure que j'ai entendu. »

Le brigadier se remit à rire. Son gendarme s'était assis sur l'herbe du fossé pour se tordre tout à son aise.

« Ah ! t'as entendu. Et ta femme, c'est-il comme ça que tu l'assassines, hein, vieux farceur ?

– Ma femme ?... »

Et il se mit à réfléchir longuement, puis il reprit : « Ma femme... Oui, all' gueule quand j'y fiche des coups... Mais all' gueule, que c'est gueuler, quoi. C'est-il donc que M. Chapatis battait la sienne ? »

Alors le brigadier, dans un délire de joie le fit tourner comme une poupée par les épaules, et il lui souffla dans l'oreille quelque chose dont l'autre demeura abruti d'étonnement.

Puis le vieux, pensif, murmura : « Non... point comme ça..., point comme ça..., point comme ça..., all' n'dit rien, la mienne... J'aurais jamais cru... si c'est possible... on aurait juré une martyre... »

Et, confus, désorienté, honteux, il reprit son chemin à travers les champs, tandis que le gendarme et le brigadier, riant toujours et lui criant, de loin, de grasses plaisanteries de caserne, regardaient s'éloigner son képi noir, sur la mer tranquille des récoltes.

Première publication
dans le journal *Gil Blas*, 24 juin 1884.
Repris dans le volume *Les Contes du jour et de la nuit*,
en 1885.

REPÈRES

• Analysez l'incipit de ce conte. Quand l'histoire se déroule-t-elle ?

OBSERVATION

• Lignes 35-36, comment M. Chapatis est-il présenté ? Quel détail compte ici ?
• Quel effet le fait divers lu par le père Boniface dans le journal produit-il sur le facteur ?
• Quel est le ton du texte ? Justifiez votre réponse.
• Où réside l'humour de Maupassant ?
• Aux lignes 97-98, relevez une figure de style ; procédez de même pour la ligne 199.
• Comment les deux gendarmes sont-ils décrits ? Cette description ne dissimule-t-elle pas une intention de l'auteur ? Laquelle ?

INTERPRÉTATIONS

• Quels traits de caractère du père Boniface apparaissent ici ?
• Quel monde Maupassant nous donne-t-il à voir ?

Illustration de Pierre-Georges Jeanniot (né en 1848) pour le conte L'Aveu.

L'Aveu

Le soleil de midi tombe en large pluie sur les champs. Ils s'étendent, onduleux, entre les bouquets d'arbres des fermes, et les récoltes diverses, les seigles mûrs et les blés jaunissants, les avoines d'un vert clair, les trèfles d'un vert sombre, étalent un grand manteau rayé, remuant et doux sur le ventre nu de la terre.

Là-bas, au sommet d'une ondulation, en rangée comme des soldats, une interminable ligne de vaches, les unes couchées, les autres debout, clignant leurs gros yeux sous l'ardente lumière, ruminent et pâturent un trèfle aussi vaste qu'un lac.

Et deux femmes, la mère et la fille, vont, d'une allure balancée l'une devant l'autre, par un étroit sentier creusé dans les récoltes, vers ce régiment de bêtes.

Elles portent chacune deux seaux de zinc maintenus loin du corps par un cerceau de barrique ; et le métal, à chaque pas qu'elles font, jette une flamme éblouissante et blanche sous le soleil qui le frappe.

Elles ne parlent point. Elles vont traire les vaches. Elles arrivent, posent à terre un seau, et s'approchent des deux premières bêtes, qu'elles font lever d'un coup de sabot dans les côtes. L'animal se dresse, lentement, d'abord sur ses jambes de devant, puis soulève avec plus de peine sa large croupe, qui semble alourdie par l'énorme mamelle de chair blonde et pendante.

Et les deux Malivoire, mère et fille, à genoux sous le ventre de la vache, tirent par un vif mouvement des mains sur le pis gonflé, qui jette, à chaque pression, un mince fil de lait dans le seau. La mousse un peu jaune monte aux bords et les femmes vont de bête en bête jusqu'au bout de la longue file.

Dès qu'elles ont fini d'en traire une, elles la déplacent, lui donnant à pâturer un bout de verdure intacte.

Puis elles repartent, plus lentement, alourdies par la charge du lait, la mère devant, la fille derrière.

Mais celle-ci brusquement s'arrête, pose son fardeau, s'assied et se met à pleurer.

La mère Malivoire, n'entendant plus marcher, se retourne et demeure stupéfaite. « Qué qu't'as ? » dit-elle.

Et la fille, Céleste, une grande rousse aux cheveux brûlés, aux joues brûlées, tachées de son comme si des gouttes de feu lui étaient tombées sur le visage, un jour qu'elle peinait au soleil, murmura en geignant doucement comme font les enfants battus : « Je n'peux pu porter mon lait ! »

La mère la regardait d'un air soupçonneux. Elle répéta : « Qué qu't'as ? »

Céleste reprit, écroulée par terre entre ses deux seaux, et se cachant les yeux avec son tablier : « Ça me tire trop. Je ne peux pas. »

La mère, pour la troisième fois, reprit : « Qué que t'as donc ? »

Et la fille gémit : « Je crois ben que me v'là grosse[1]. »

Et elle sanglota.

La vieille à son tour posa son fardeau, tellement interdite[2] qu'elle ne trouvait rien. Enfin elle balbutia : « Te... te... te v'là grosse, manante, c'est-il ben possible ? »

C'étaient de riches fermiers les Malivoire, des gens cossus, posés, respectés, malins et puissants.

Céleste bégaya : « J'crais ben que oui, tout de même. »

La mère effarée regardait sa fille abattue devant elle et larmoyant. Au bout de quelques secondes elle cria : « Te v'là grosse ! Te v'là grosse ! Où qu't'as attrapé ça, roulure[3] ? »

Et Céleste, toute secouée par l'émotion, murmura : « J'crais ben que c'est dans la voiture à Polyte. »

La vieille cherchait à comprendre, cherchait à deviner,

1. **Grosse :** enceinte.
2. **Interdite :** immobilisée sous l'effet de la surprise.
3. **Roulure :** femme facile.

cherchait à savoir qui avait pu faire ce malheur à sa fille. Si c'était un gars bien riche et bien vu, on verrait à s'arranger. Il n'y aurait encore que demi-mal ; Céleste n'était pas la première à qui pareille chose arrivait ; mais ça la contrariait tout de même, vu les propos et leur position.

Elle reprit : « Et qué que c'est qui t'a fait ça, salope ? »

Et Céleste, résolue à tout dire, balbutia : « J'crais ben qu'c'est Polyte. »

Alors la mère Malivoire, affolée de colère, se rua sur sa fille et se mit à la battre avec une telle frénésie qu'elle en perdit son bonnet.

Elle tapait à grands coups de poing sur la tête, sur le dos, partout ; et Céleste, tout à fait allongée entre les deux seaux, qui la protégeaient un peu, cachait seulement sa figure entre ses mains.

Toutes les vaches, surprises, avaient cessé de pâturer, et, s'étant retournées, regardaient de leurs gros yeux. La dernière meugla, le mufle tendu vers les femmes.

Après avoir tapé jusqu'à perdre haleine, la mère Malivoire, essoufflée, s'arrêta ; et, reprenant un peu ses esprits, elle voulu se rendre tout à fait compte de la situation : « Polyte ! Si c'est Dieu possible ! Comment que t'as pu, avec un cocher de diligence. T'avais-ti perdu les sens ? Faut qu'i t'ait jeté un sort, pour sûr, un propre-à-rien ? »

Et Céleste, toujours allongée, murmura dans la poussière : « J'y payais point la voiture ! »

Et la vieille Normande comprit.

Toutes les semaines, le mercredi et le samedi, Céleste allait porter au bourg les produits de la ferme, la volaille, la crème et les œufs.

Elle partait dès sept heures avec ses deux vastes paniers aux bras, le laitage dans l'un, les poulets dans l'autre ; et elle allait attendre sur la grand-route la voiture de poste d'Yvetot.

Elle posait à terre ses marchandises et s'asseyait dans le fossé, tandis que les poules au bec court et pointu, et les canards au bec large et plat, passant la tête à travers les barreaux d'osier, regardaient de leur œil rond, stupide et surpris.

Bientôt la guimbarde[1], sorte de coffre jaune coiffé d'une casquette de cuir noir, arrivait, secouant son cul au trot saccadé d'une rosse[2] blanche.

Et Polyte le cocher, un gros garçon réjoui, ventru bien que jeune, et tellement cuit par le soleil, brûlé par le vent, trempé par les averses, et teinté par l'eau-de-vie qu'il avait la face et le cou couleur de brique, criait de loin en faisant claquer son fouet : « Bonjour mam'zelle Céleste. La santé, ça va-t-il ? »

Elle lui tendait, l'un après l'autre, ses paniers qu'il casait sur l'impériale[3] ; puis elle montait en levant haut la jambe pour atteindre le marchepied, en montrant un fort mollet vêtu d'un bas bleu.

Et chaque fois Polyte répétait la même plaisanterie : « Mazette, il n'a pas maigri. »

Et elle riait, trouvant ça drôle.

Puis il lançait un « Hue cocotte », qui remettait en route son maigre cheval. Alors Céleste, atteignant son porte-monnaie dans le fond de sa poche, en tirait lentement dix sous, six sous pour elle et quatre pour les paniers, et les passait à Polyte par-dessus l'épaule. Il les prenait en disant : « C'est pas encore pour aujourd'hui, la rigolade ? »

Et il riait de tout son cœur en se retournant vers elle pour la regarder à son aise.

Il lui en coûtait beaucoup à elle, de donner chaque fois ce demi-franc pour trois kilomètres de route. Et quand elle n'avait pas de sous, elle en souffrait davantage encore, ne pouvant se décider à allonger une pièce d'argent.

Et un jour, au moment de payer, elle demanda : « Pour

1. **Guimbarde :** vieille voiture.
2. **Rosse :** vieux cheval.
3. **Impériale :** le dessus d'un carrosse.

une bonne pratique[1] comme mé, vous devriez bien ne prendre que six sous ? »

Il se mit à rire : « Six sous, ma belle, vous valez mieux que ça, pour sûr. »

Elle insistait : « Ça vous fait pas moins deux francs par mois. »

Il cria en tapant sur sa rosse : « T'nez, j'suis coulant, j'vous passerai ça pour une rigolade. »

Elle demanda d'un air niais : « Qué que c'est que vous dites ? »

Il s'amusait tellement qu'il toussait à force de rire. « Une rigolade, c'est une rigolade, pardi, une rigolade fille et garçon, en avant deux sans musique. »

Elle comprit, rougit, et déclara : « Je n'suis pas de ce jeu-là, m'sieu Polyte. »

Mais il ne s'intimida pas, et il répétait, s'amusant de plus en plus : « Vous y viendrez, la belle, une rigolade fille et garçon ! »

Et depuis lors, chaque fois qu'elle le payait, il avait pris l'usage de demander : « C'est pas encore pour aujourd'hui la rigolade ? »

Elle plaisantait aussi là-dessus, maintenant, et elle répondait : « Pas pour aujourd'hui, m'sieu Polyte, mais c'est pour samedi, pour sûr alors ! »

Et il criait en riant toujours : « Entendu pour samedi, ma belle. »

Mais elle calculait en dedans que, depuis deux ans que durait la chose, elle avait bien payé quarante-huit francs à Polyte, et quarante-huit francs à la campagne ne se trouvent pas dans une ornière[2] ; et elle calculait aussi que dans deux années encore elle aurait payé près de cent francs.

Si bien qu'un jour, un jour de printemps qu'ils étaient

1. **Bonne pratique :** bonne cliente.
2. **Ornière :** creux tracé dans un chemin par les roues d'une voiture.

seuls, comme il demandait selon sa coutume : « C'est pas encore pour aujourd'hui, la rigolade ? »

Elle répondit : « À vot' désir m'sieu Polyte. »

Il ne s'étonna pas du tout et enjamba la banquette de derrière en murmurant d'un air content : « Et allons donc. J's'avais ben qu'on y viendrait. »

Et le vieux cheval blanc se mit à trottiner d'un train si doux qu'il semblait danser sur place, sourd à la voix qui criait parfois du fond de la voiture : « Hue donc, cocotte. Hue donc, cocotte. »

Trois mois plus tard Céleste s'aperçut qu'elle était grosse.

Elle avait dit tout cela d'une voix larmoyante, à sa mère. Et la vieille, pâle de fureur, demanda : « Combien que ça y a coûté, alors ? »

Céleste répondit : « Quat' mois, ça fait huit francs, pour sûr. »

Alors la rage de la campagnarde se déchaîna éperdument, et retombant sur sa fille elle la rebattit jusqu'à perdre le souffle. Puis, s'étant relevée : « Y as-tu dit, que t'étais grosse ?

– Mais non, pour sûr.

– Pourqué que tu y as point dit ?

– Parce qu'i m'aurait fait r'payer p'têtre ben ! »

Et la vieille songea, puis, reprenant ses seaux : « Allons, lève-té, et tâche à v'nir. »

Puis, après un silence, elle reprit : « Et pis n'li dis rien tant qu'i n'verra point ; que j'y gagnions ben six ou huit mois ! »

Et Céleste, s'étant redressée, pleurant encore, décoiffée et bouffie, se remit en marche d'un pas lourd, en murmurant : « Pour sûr que j'y dirai point. »

Première publication dans le journal *Gil Blas*, 22 juillet 1884.
Repris dans le volume *Les Contes du jour et de la nuit*, en 1885.

REPÈRES

- Quel est le temps grammatical employé des lignes 1 à 37 ? Quelle est sa valeur ?

OBSERVATION

- Délimitez quatre parties auxquelles vous donnerez un titre.
- Analysez les réactions de la mère.
- Commentez la phrase : « Et la vieille Normande comprit. »
- Pourquoi le nom de Polyte redouble-t-il la fureur de la mère ?
- Comment l'avarice de Céleste se manifeste-t-elle ? Comment la mentalité de Céleste évolue-t-elle progressivement ?
- À quel calcul mental se livre-t-elle secrètement ?

INTERPRÉTATIONS

- Comment jugez-vous le calcul final de la mère ?
- Ce conte a-t-il une portée morale ? Expliquez.

Bateaux échoués *(1874). D.R.*
Tableau de Claude Monet (1840-1926). Coll. part.

Le Retour

La mer fouette la côte de sa vague courte et monotone. De petits nuages blancs passent vite à travers le grand ciel bleu, emportés par le vent rapide, comme des oiseaux ; et le village, dans le pli du vallon qui descend vers l'océan, se chauffe au soleil.

Tout à l'entrée, la maison des Martin-Lévesque, seule, au bord de la route. C'est une petite demeure de pêcheur, aux murs d'argile, au toit de chaume empanaché d'iris[1] bleus. Un jardin large comme un mouchoir, où poussent des oignons, quelques choux, du persil, du cerfeuil, se carre devant la porte. Une haie le clôt le long du chemin.

L'homme est à la pêche, et la femme, devant la loge[2], répare les mailles d'un grand filet brun, tendu sur le mur ainsi qu'une immense toile d'araignée. Une fillette de quatorze ans, à l'entrée du jardin, assise sur une chaise de paille, penchée en arrière et appuyée du dos à la barrière, raccommode du linge, du linge de pauvre, rapiécé, reprisé déjà. Une autre gamine, plus jeune d'un an, berce dans ses bras un enfant tout petit, encore sans gestes et sans parole ; et deux mioches de deux et trois ans, le derrière dans la terre, nez à nez, jardinent de leurs mains maladroites et se jettent des poignées de poussière dans la figure.

Personne ne parle. Seul le moutard qu'on essaie d'endormir pleure d'une façon continue, avec une petite voix aigre et frêle. Un chat dort sur la fenêtre ; et des giroflées épanouies font, au pied du mur, un beau bourrelet de fleurs blanches, sur qui bourdonne un peuple de mouches.

1. **Iris :** en Normandie, on les plantait au sommet des toits de chaume, ce qui évitait au chaume de pourrir.
2. **Loge :** petite maison.

La fillette qui coud près de l'entrée appelle tout à coup : « M'man ! »

La mère répond : « Qué qu't'as ?

– Le r'voilà. »

Elles sont inquiètes depuis le matin, parce qu'un homme rôde autour de la maison : un vieux homme qui a l'air d'un pauvre. Elles l'ont aperçu comme elles allaient conduire le père à son bateau, pour l'embarquer. Il était assis sur le fossé, en face de leur porte. Puis, quand elles sont revenues de la plage, elles l'ont retrouvé là, qui regardait la maison.

Il semblait malade et très misérable. Il n'avait pas bougé pendant plus d'une heure ; puis, voyant qu'on le considérait comme un malfaiteur, il s'était levé et était parti en traînant la jambe.

Mais bientôt elles l'avaient vu revenir de son pas lent et fatigué ; et il s'était encore assis, un peu plus loin cette fois, comme pour les guetter.

La mère et les fillettes avaient peur. La mère surtout se tracassait parce qu'elle était d'un naturel craintif, et que son homme, Lévesque, ne devait revenir de la mer qu'à la nuit tombante.

Son mari s'appelait Lévesque ; elle, on la nommait Martin, et on les avait baptisés les Martin-Lévesque.

Voici pourquoi : elle avait épousé en premières noces un matelot du nom de Martin, qui allait tous les étés à Terre-Neuve, à la pêche de la morue.

Après deux années de mariage, elle avait de lui une petite fille et elle était encore grosse de six mois quand le bâtiment qui portait son mari, les Deux-Sœurs, un trois-mâts barque[1] de Dieppe, disparut.

On n'en eut jamais aucune nouvelle ; aucun des marins qui le montaient ne revint ; on le considéra donc comme perdu corps et biens.

1. **Trois-mâts barque :** bateau aux voiles carrées à l'avant.

La Martin attendit son homme pendant dix ans, élevant à grand-peine ses deux enfants ; puis, comme elle était vaillante et bonne femme, un pêcheur du pays, Lévesque, veuf avec un garçon, la demanda en mariage. Elle l'épousa, et eut encore de lui deux enfants en trois ans.

Ils vivaient péniblement, laborieusement. Le pain était cher et la viande presque inconnue dans la demeure. On s'endettait parfois chez le boulanger, en hiver, pendant les mois de bourrasques. Les petits se portaient bien, cependant. On disait : « C'est des braves gens, les Martin-Lévesque. La Martin est dure à la peine, et Lévesque n'a pas son pareil pour la pêche. »

La fillette assise à la barrière reprit : « On dirait qu'y nous connaît. C'est p't-être ben quéque pauvre d'Épreville ou d'Auzebosc. »

Mais la mère ne s'y trompait pas. Non, non, ça n'était pas quelqu'un du pays, pour sûr !

Comme il ne remuait pas plus qu'un pieu[1], et qu'il fixait ses yeux avec obstination sur le logis des Martin-Lévesque, la Martin devint furieuse et, la peur la rendant brave, elle saisit une pelle et sortit devant la porte.

« Qué que vous faites là ? » cria-t-elle au vagabond.

Il répondit d'une voix enrouée : « J'prends la fraîche, donc ! J'vous fais-ti tort ? »

Elle reprit : « Pourqué qu'vous êtes quasiment en espionnance devant ma maison ? »

L'homme répliqua : « Je n'fais d'mal à personne. C'est-i point permis d's'asseoir sur la route ? »

Ne trouvant rien à répondre, elle rentra chez elle.

La journée s'écoula lentement. Vers midi, l'homme disparut. Mais il repassa vers cinq heures. On ne le vit plus dans la soirée.

1. **Pieu :** piquet.

Lévesque rentra à la nuit tombée. On lui dit la chose. Il conclut : « C'est quéque fouineur[1] ou quéque malicieux. » Et il se coucha sans inquiétude, tandis que sa compagne songeait à ce rôdeur qui l'avait regardée avec des yeux si drôles.

Quand le jour vint, il faisait grand vent, et le matelot, voyant qu'il ne pourrait prendre la mer, aida sa femme à raccommoder ses filets.

Vers neuf heures, la fille aînée, une Martin, qui était allée chercher du pain, rentra en courant, la mine effarée, et cria : « M'man, le r'voilà ! »

La mère eut une émotion, et, toute pâle, dit à son homme : « Va li parler, Lévesque, pour qu'il ne nous guette point comme ça, parce que, mé, ça me tourne les sens. »

Et Lévesque, un grand matelot au teint de brique, à la barbe drue et rouge, à l'œil bleu percé d'un point noir, au cou fort, enveloppé toujours de laine, par crainte du vent et de la pluie au large, sortit tranquillement et s'approcha du rôdeur.

Et ils se mirent à parler.

La mère et les enfants les regardaient de loin, anxieux et frémissants.

Tout à coup, l'inconnu se leva et s'en vint, avec Lévesque, vers la maison.

La Martin, effarée, se reculait. Son homme lui dit : « Donne li un p'tieu de pain et un verre de cidre. I n'a rien mâqué[2] depuis avant-hier. »

Et ils entrèrent tous deux dans le logis, suivis de la femme et des enfants. Le rôdeur s'assit et se mit à manger, la tête baissée sous tous les regards.

La mère, debout, le dévisageait ; les deux grandes filles, les Martin, adossées à la porte, l'une portant le dernier enfant, plantaient sur lui leurs yeux avides, et les deux mioches, assis

1. **Fouineur** : vagabond.
2. **Mâqué** : en cauchois, mangé.

dans les cendres de la cheminée, avaient cessé de jouer avec la marmite noire, comme pour contempler aussi cet étranger.

Lévesque, ayant pris une chaise, lui demanda : « Alors vous v'nez de loin ?

– J'viens d'Sète.

– À pied, comme ça ?...

– Oui, à pied. Quand on n'a pas les moyens, faut ben.

– Oùsque vous allez donc ?

– J'allais t'ici.

– Vous y connaissez quéqu'un ?

– Ça se peut ben. »

Ils se turent. Il mangeait lentement, bien qu'il fût affamé, et il buvait une gorgée de cidre après chaque bouchée de pain. Il avait un visage usé, ridé, creux partout, et semblait avoir beaucoup souffert.

Lévesque lui demanda brusquement : « Comment que vous vous nommez ? »

Il répondit sans lever le nez : « Je me nomme Martin. »

Un étrange frisson secoua la mère. Elle fit un pas, comme pour voir de plus près le vagabond, et demeura en face de lui, les bras pendants, la bouche ouverte. Personne ne disait plus rien. Lévesque enfin reprit : « Êtes-vous d'ici ? »

Il répondit : « J'suis d'ici. »

Et comme il levait enfin la tête, les yeux de la femme et les siens se rencontrèrent et demeurèrent fixes, mêlés, comme si les regards se fussent accrochés.

Et elle prononça tout à coup, d'une voix changée, basse, tremblante : « C'est-y'té, mon homme ? »

Il articula lentement : « Oui, c'est mé. »

Il ne remua pas, continuant à mâcher son pain.

Lévesque, plus surpris, qu'ému, balbutia : « C'est té, Martin ? »

L'autre dit simplement : « Oui, c'est mé. »

Et le second mari demanda : « D'où que tu d'viens donc ? »

Le premier raconta : « D'la côte d'Afrique. J'ons sombré

sur un banc[1]. J'nous sommes ensauvés à trois, Picard, Vatinel et mé. Et pi j'avons été pris par des sauvages qui nous ont tenus douze ans. Picard et Vatinel sont morts. C'est un voyageur anglais qui m'a pris-t-en passant et qui m'a reconduit à Sète. Et me v'là. »

La Martin s'était mise à pleurer, la figure dans son tablier.

Lévesque prononça : « Qué que j'allons fé, à c't'heure ? »

Martin demanda : « C'est té qu'es s'n homme ? »

Lévesque répondit : « Oui, c'est mé ! »

Ils se regardèrent et se turent.

Alors, Martin, considérant les enfants en cercle autour de lui, désigna d'un coup de tête les deux fillettes. « C'est-i' les miennes ? »

Lévesque dit : « C'est les tiennes. »

Il ne se leva point ; il ne les embrassa point ; il constata seulement : « Bon Dieu, qu'a sont grandes ! »

Lévesque répéta : « Qué que j'allons fé ? »

Martin, perplexe, ne savait guère plus. Enfin il se décida : « Moi, j'f'rai à ton désir. Je n'veux pas t'faire tort. C'est contrariant tout de même, vu la maison. J'ai deux éfants, tu n'as trois, chacun les siens. La mère, c'est-ti à té, c'est-ti à mé ? J'suis consentant à ce qui te plaira ; mais la maison, c'est à mé, vu qu'mon père me l'a laissée, que j'y sieus né, et qu'elle a des papiers chez le notaire. »

La Martin pleurait toujours, par petits sanglots cachés dans la toile bleue du tablier. Les deux grandes fillettes s'étaient rapprochées et regardaient leur père avec inquiétude.

Il avait fini de manger. Il dit à son tour : « Qué que j'allons fé ? »

Lévesque eut une idée : « Faut aller chez l'curé, i' décidera. »

Martin se leva, et comme il s'avançait vers sa femme, elle se jeta sur sa poitrine en sanglotant : « Mon homme ! te v'là ! Martin, mon pauvre Martin, te v'là ! »

1. **Banc** : ici, banc de sable.

Et elle le tenait à pleins bras, traversée brusquement par un souffle d'autrefois, par une grande secousse de souvenirs qui lui rappelaient ses vingt ans et ses premières étreintes.

Martin, ému lui-même, l'embrassait sur son bonnet. Les deux enfants, dans la cheminée, se mirent à hurler ensemble en entendant pleurer leur mère, et le dernier-né, dans les bras de la seconde des Martin, clama d'une voix aiguë comme un fifre[1] faux.

Lévesque, debout, attendait : « Allons, dit-il, faut se mettre en règle. »

Martin lâcha sa femme, et, comme il regardait ses deux filles, la mère leur dit : « Baisez vot' pé, au moins. »

Elles s'approchèrent en même temps, l'œil sec, étonnées, un peu craintives. Et il les embrassa l'une après l'autre, sur les deux joues, d'un gros bécot[2] paysan. En voyant approcher cet inconnu le petit enfant poussa des cris si perçants qu'il faillit être pris de convulsions.

Puis les deux hommes sortirent ensemble.

Comme ils passaient devant le café du Commerce, Lévesque demanda : « Si je prenions toujours une goutte ?

– Moi, j'veux ben », déclara Martin.

Ils entrèrent, s'assirent dans la pièce encore vide et Lévesque cria : « Eh ! Chicot, deux fil-en-six, de la bonne, c'est Martin qu'est r'venu, Martin, celui à ma femme, tu sais ben, Martin des Deux-Sœurs, qu'était perdu. »

Et le cabaretier, trois verres d'une main, un carafon de l'autre, s'approcha, ventru, sanguin, bouffi de graisse, et demanda d'un air tranquille : « Tiens ! te v'là donc, Martin ? »

Martin répondit : « Mé v'là !... »

Première publication
dans le journal *Le Gaulois*, 28 juillet 1884.
Repris dans le volume *Yvette*, en 1884.

1. **Fifre :** flûte au son aigu.
2. **Bécot :** baiser.

REPÈRES

• Par quel temps grammatical ce récit s'ouvre-t-il ? Quelle est sa valeur ?

OBSERVATION

• Étudiez la composition en tableaux des quatre premiers paragraphes.
• Comparez la présentation des enfants avec celle de *Aux champs*.
• Pourquoi la mère et la fille ont-elles peur du rôdeur ; qu'est-ce qui, dans l'attitude de cet homme, peut justifier cette peur ?
• Analysez la progression de la peur.
• À la ligne 49, identifiez une figure de style.
• Combien de temps dure l'absence de Martin ?
• Pourquoi Martin regarde-t-il cette femme « avec des yeux si drôles » (ligne 96) ?
• Comparez les portraits de Martin et de Lévesque.
• Pourquoi Martin n'avoue-t-il pas d'emblée qu'il est revenu de Sète à pieds pour retrouver sa maison et sa famille ?
• Identifiez une scène de reconnaissance.

INTERPRÉTATIONS

• Comment jugez-vous la réaction respective des deux hommes ?
• En demandant de récupérer sa maison, de quel trait de caractère Martin fait-il preuve ?
• Commentez les lignes 181-182.
• Imaginez une suite à cette histoire.

L'ABANDONNÉ

« VRAIMENT, je te crois folle, ma chère amie, d'aller te promener dans la campagne par un pareil temps. Tu as, depuis deux mois, de singulières idées. Tu m'amènes, bon gré, mal gré, au bord de la mer, alors que jamais, depuis quarante-cinq ans que nous sommes mariés, tu n'avais eu pareille fantaisie. Tu choisis d'autorité Fécamp, une triste ville, et te voilà prise d'une telle rage de locomotion, toi qui ne remuais jamais, que tu veux te promener à travers champs par le jour le plus chaud de l'année. Dis à d'Apreval de t'accompagner, puisqu'il se prête à tous tes caprices. Quant à moi, je rentre faire la sieste. »

Mme de Cadour se tourna vers son ancien ami : « Venez-vous avec moi, d'Apreval ? »

Il s'inclina, en souriant, avec une galanterie du temps passé : « Où vous irez, j'irai », dit-il.

« Eh bien, allez attraper une insolation », déclara M. de Cadour. Et il rentra dans l'hôtel des Bains pour s'étendre une heure ou deux sur son lit.

Dès qu'ils furent seuls, la vieille femme et son vieux compagnon se mirent en route. Elle dit, très bas, en lui serrant la main : « Enfin ! – enfin ! »

Il murmura : « Vous êtes folle. Je vous assure que vous êtes folle. Songez à ce que vous risquez. Si cet homme... »

Elle eut un sursaut : « Oh ! Henri, ne dites pas : "Cet homme", en parlant de lui. »

Il reprit, d'un ton brusque : « Eh bien ! si notre fils se doute de quelque chose, s'il nous soupçonne, il nous tient, il nous tient. Vous vous êtes bien passée de le voir depuis quarante ans. Qu'avez-vous aujourd'hui ? »

Ils avaient suivi la longue rue qui va de la mer à la ville.

Ils tournèrent à droite pour monter la côte d'Étretat. La route blanche se déroulait sous une pluie brûlante de soleil.

Ils allaient lentement sous l'ardente chaleur, à petits pas. Elle avait passé son bras sous celui de son ami, et elle regardait droit devant elle d'un regard fixe, hanté !

Elle prononça : « Ainsi, vous ne l'avez jamais revu non plus ?

– Non, jamais !

– Est-ce possible ?

– Ma chère amie, ne recommençons point cette éternelle discussion. J'ai une femme et des enfants, comme vous avez un mari, nous avons donc l'un et l'autre tout à craindre de l'opinion[1]. »

Elle ne répondit point. Elle songeait à sa jeunesse lointaine, aux choses passées, si tristes.

On l'avait mariée, comme on marie les jeunes filles. Elle ne connaissait guère son fiancé, un diplomate, et elle vécut avec lui, plus tard, de la vie de toutes les femmes du monde.

Mais voilà qu'un jeune homme, M. d'Apreval, marié comme elle, l'aima d'une passion profonde ; et pendant une longue absence de M. de Cadour, parti aux Indes en mission politique, elle succomba[2].

Aurait-elle pu résister ? se refuser ? Aurait-elle eu la force, le courage de ne pas céder, car elle l'aimait aussi ? Non, vraiment non ! C'eût été trop dur ! elle aurait trop souffert ! Comme la vie est méchante et rusée ! Peut-on éviter certaines atteintes du sort, peut-on fuir la destinée fatale ? Quand on est femme, seule, abandonnée, sans tendresse, sans enfants, peut-on fuir toujours une passion qui se lève sur vous, comme on fuirait la lumière du soleil, pour vivre, jusqu'à sa mort, dans la nuit ?

Comme elle se rappelait tous les détails maintenant, ses baisers, ses sourires, son arrêt sur la porte pour la regarder

1. **L'opinion :** l'opinion publique, le qu'en-dira-t-on.
2. **Succomba :** céda aux avances.

en entrant chez elle. Quels jours heureux, ses seuls beaux jours, si vite finis !

Puis elle s'aperçut qu'elle était enceinte ! quelles angoisses !

Oh ! ce voyage dans le Midi, ce long voyage, ces souffrances, ces terreurs incessantes, cette vie cachée dans ce petit chalet solitaire, sur le bord de la Méditerranée, au fond d'un jardin dont elle n'osait pas sortir !

Comme elle se les rappelait, les longs jours qu'elle passait étendue sous un oranger, les yeux levés vers les fruits rouges, tout ronds, dans le feuillage vert ! Comme elle aurait voulu sortir, aller jusqu'à la mer, dont le souffle frais lui venait par-dessus le mur, dont elle entendait les courtes vagues sur la plage, dont elle rêvait la grande surface bleue, luisante de soleil, avec des voiles blanches et une montagne à l'horizon. Mais elle n'osait point franchir la porte. Si on l'avait reconnue, déformée ainsi, montrant sa honte dans sa lourde ceinture !

Et les jours d'attente, les derniers jours torturants ! les alertes ! les souffrances menaçantes ! puis l'effroyable nuit ! Que de misères elle avait endurées !

Quelle nuit, celle-là ! Comme elle avait gémi, crié ! Elle voyait encore la face pâle de son amant, qui lui baisait la main à chaque minute, la figure glabre du médecin, le bonnet blanc de la garde.

Et quelle secousse elle avait sentie en son cœur en entendant ce frêle gémissement d'enfant, ce miaulement, ce premier effort d'une voix d'homme !

Et le lendemain ! le lendemain ! le seul jour de sa vie où elle eût vu et embrassé son fils, car jamais, depuis, elle ne l'avait seulement aperçu !

Et, depuis lors, quelle longue existence vide où flottait toujours, toujours, la pensée de cet enfant. Elle ne l'avait pas revu, pas une seule fois, ce petit être sorti d'elle, son fils ! On l'avait pris, emporté, caché. Elle savait seulement qu'il avait été élevé par des paysans normands, qu'il était devenu lui-même un paysan, et qu'il était marié, bien marié et bien doté par son père, dont il ignorait le nom.

Que de fois, depuis quarante ans, elle avait voulu partir pour le voir, pour l'embrasser. Elle ne se figurait pas qu'il eût grandi ! Elle songeait toujours à cette larve humaine qu'elle avait tenue un jour dans ses bras et serrée contre son flanc meurtri.

Que de fois elle avait dit à son amant : « Je n'y tiens plus, je veux le voir ; je vais partir. »

Toujours il l'avait retenue, arrêtée. Elle ne saurait pas se contenir, se maîtriser ; l'autre devinerait, l'exploiterait. Elle serait perdue.

« Comment est-il ? disait-elle.

– Je ne sais pas. Je ne l'ai point revu non plus.

– Est-ce possible ? Avoir un fils et ne le point connaître. Avoir peur de lui, l'avoir rejeté comme une honte. »

C'était horrible.

Ils allaient sur la longue route, accablés par la flamme du soleil, montant toujours l'interminable côte.

Elle reprit : « Ne dirait-on pas un châtiment ? Je n'ai jamais eu d'autre enfant. Non, je ne pouvais plus résister à ce désir de le voir, qui me hante depuis quarante ans. Vous ne comprenez pas cela, vous, les hommes. Songez que je suis tout près de la mort. Et je ne l'aurais pas revu !... pas revu, est-ce possible ? Comment ai-je pu attendre si longtemps ? J'ai pensé à lui toute ma vie. Quelle affreuse existence cela m'a fait. Je ne me suis pas réveillée une fois, pas une fois, entendez-vous, sans que ma première pensée n'ait été pour lui, pour mon enfant. Comment est-il ? Oh ! comme je me sens coupable vis-à-vis de lui ! Doit-on craindre le monde en ce cas-là ? J'aurais dû tout quitter, et le suivre, l'élever, l'aimer. J'aurais été plus heureuse, certes. Je n'ai pas osé. J'ai été lâche. Comme j'ai souffert ! Oh ! ces pauvres êtres abandonnés, comme ils doivent haïr leurs mères ! »

Elle s'arrêta brusquement, étranglée par les sanglots. Tout le vallon était désert et muet sous la lumière accablante du jour. Seules, les sauterelles jetaient leur cri sec et continu dans l'herbe jaune et rare des deux côtés de la route.

« Asseyez-vous un peu », dit-il.

Elle se laissa conduire jusqu'au bord du fossé et s'affaissa, la figure dans ses mains. Ses cheveux blancs, tordus en spirales des deux côtés de son visage, se déroulaient, et elle pleurait, déchirée par une douleur profonde.

Il restait debout en face d'elle, inquiet, ne sachant que lui dire. Il murmura : « Allons... du courage. »

Elle se releva : « J'en aurai. » Et, s'essuyant les yeux, elle se remit en marche d'un pas saccadé de vieille.

La route s'enfonçait, un peu plus loin, sous un bouquet d'arbres qui cachait quelques maisons. Ils distinguaient maintenant le choc vibrant et régulier d'un marteau de forge sur une enclume.

Et bientôt ils virent, sur la droite, une charrette arrêtée devant une sorte de maison basse, et, sous un hangar, deux hommes qui ferraient un cheval.

M. d'Apreval s'approcha. « La ferme de Pierre Bénédict ? » cria-t-il.

Un des hommes répondit : « Prenez l'chemin de gauche, tout contre le p'tit café, et pi suivez tout drait, c'est la troisième après celle à Poret. Y'a une sapinette près d'la barrière. Y'a pas à se tromper. »

Ils tournèrent à gauche. Elle allait tout doucement maintenant, les jambes défaillantes, le cœur battant avec tant de violence qu'elle suffoquait.

À chaque pas, elle murmurait, comme pour une prière : « Mon Dieu ! oh ! mon Dieu ! » Et une émotion terrible lui serrait la gorge, la faisait vaciller sur ses pieds comme si on lui eût coupé les jarrets.

M. d'Apreval, nerveux, un peu pâle, lui dit brusquement : « Si vous ne savez pas vous maîtriser davantage, vous allez vous trahir tout de suite. Tâchez donc de vous dominer. »

Elle balbutia : « Est-ce que je le puis ? Mon enfant ! Quand je songe que je vais voir mon enfant ! »

Ils suivaient un de ces petits chemins de campagne encaissés entre les cours des fermes, ensevelis sous un double rang de hêtres alignés sur les fossés.

Et, tout d'un coup, ils se trouvèrent devant une barrière de bois qu'abritait un jeune sapin.

« C'est ici », dit-il.

Elle s'arrêta net, et regarda.

La cour, plantée de pommiers, était grande, s'étendant jusqu'à la petite maison d'habitation, couverte en chaume. En face, l'écurie, la grange, l'étable, le poulailler. Sous un toit d'ardoises, les voitures, charrette, tombereau, cabriolet. Quatre veaux broutaient l'herbe bien verte sous l'abri des arbres. Les poules noires erraient dans tous les coins de l'enclos.

Aucun bruit. La porte de la maison était ouverte. Mais on ne voyait personne.

Ils entrèrent. Aussitôt un chien noir sortit d'un baril[1] roulé au pied d'un grand poirier et se mit à japper avec fureur.

Contre le mur de la maison, en arrivant, quatre ruches posées sur des planches alignaient leurs dômes de paille.

M. d'Apreval, devant le logis, cria : « Y a-t-il du monde ? »Une enfant parut ; une petite fille de dix ans environ, vêtue d'une chemise et d'une jupe de laine, les jambes nues et sales, l'air timide et sournois. Elle restait debout dans l'encadrement de la porte comme pour en défendre l'entrée.

« Qué qu'vous voulez ? dit-elle.

– Ton père est-il là ?

– Non.

– Où est-il ?

– J'sais point.

– Et ta maman ?

– All' est aux vaques[2].

– Va-t-elle revenir bientôt ?

1. **Baril :** petite barrique servant de niche.
2. **Vaques :** en cauchois comme dans toute la Normandie, les vaches.

– J'sais point. »

Et, brusquement, la vieille femme, comme si elle eût craint qu'on l'entraînât de force, prononça d'une voix précipitée : « Je ne m'en irai pas sans l'avoir vu.

– Nous allons l'attendre, ma chère amie. »

Comme ils se retournaient, ils aperçurent une paysanne qui s'en venait vers la maison, portant deux seaux de fer-blanc qui semblaient lourds et que le soleil frappait par moments d'une flamme éclatante et blanche.

Elle boitait de la jambe droite, et, la poitrine roulée dans un tricot brun, terni, lavé par les pluies, roussi par les étés, elle avait l'air d'une pauvre servante, misérable et sale.

« V'là maman », dit l'enfant.

Quand elle fut près de sa demeure, elle regarda les étrangers d'un air mauvais et soupçonneux ; puis elle entra chez elle comme si elle ne les avait pas vus.

Elle semblait vieille, avec une figure creuse, jaune, dure ; cette figure de bois des campagnardes.

M. d'Apreval la rappela. « Dites, madame, nous sommes entrés pour vous demander de nous vendre deux verres de lait. »

Elle grommela, en reparaissant sur sa porte, après avoir posé ses seaux. « Je n'vends point de lait.

– C'est que nous avons bien soif. Madame est vieille et très fatiguée. N'y a-t-il pas moyen d'avoir quelque chose à boire ? »

La paysanne les considérait d'un œil inquiet et sournois.

Enfin, elle se décida. « Pisque vous êtes là, je vas tout de même vous en donner », dit-elle.

Et elle disparut dans son logis.

Puis l'enfant sortit, portant deux chaises qu'elle posa sous un pommier ; et la mère s'en vint à son tour avec deux bols de lait mousseux qu'elle mit aux mains des visiteurs.

Puis elle demeura debout devant eux comme pour les surveiller et deviner leurs desseins[1]. « Vous êtes de Fécamp ? » dit-elle.

M. d'Apreval répondit : « Oui, nous sommes à Fécamp pour l'été. » Puis, après un silence, il reprit : « Est-ce que vous pourriez nous vendre des poulets toutes les semaines ? »

La paysanne hésita, puis répondit : « Mais, tout de même. C'est-il des jeunes que vous voulez ?

– Oui, des jeunes.

– Combien que vous payez ça, au marché ? »

D'Apreval, qui l'ignorait, se tourna vers son amie : « Combien donc payez-vous les volailles, ma chère, les jeunes volailles ? »

Elle balbutia, les yeux pleins de larmes : « Quatre francs et quatre francs cinquante. »

La fermière la regarda de coin, étonnée, puis elle demanda : « Est-elle malade, c'te dame, pisqu'all' pleure ? »

Il ne savait que répondre, et bégaya : « Non... non... mais elle... elle a perdu sa montre en route, une belle montre, et ça lui a fait de la peine. Si quelqu'un la trouve, vous nous préviendrez. »

La mère Bénédict ne répondit rien, jugeant ça louche.

Et soudain, elle prononça : « V'là m'n'homme ! »

Elle seule l'avait vu entrer, car elle faisait face à la barrière.

D'Apreval eut un sursaut, Mme de Cadour faillit tomber en se tournant éperdument sur sa chaise.

Un homme était là, à dix pas, tirant une vache au bout d'une corde, courbé en deux, soufflant.

Il prononça, sans s'occuper des visiteurs : « Maudit ! qué rosse[2] ! »

Et il passa, allant vers l'étable où il disparut.

Les larmes de la vieille femme s'étaient taries brusquement, et elle demeurait effarée, sans paroles, sans pensée : « Son fils, c'était là son fils ! »

1. **Desseins** : leurs intentions.
2. **Rosse** : mauvaise bête.

D'Apreval, que la même idée avait blessé, articula d'une voix troublée : « C'est bien M. Bénédict ? »

La fermière, méfiante, demanda : « Qué qui vous a dit son nom ? »

Il reprit : « C'est le forgeron au coin de la grand-route. »

Puis tous se turent, ayant les yeux fixés sur la porte de l'étable. Elle faisait une sorte de trou noir dans le mur du bâtiment. On ne voyait rien dedans, mais on entendait des bruits vagues, des mouvements, des pas amortis par la paille semée à terre.

Il reparut sur le seuil, s'essuyant le front, et il revint vers la maison d'un grand pas lent qui le soulevait à chaque enjambée.

Il passa encore devant ces étrangers sans paraître les remarquer, et il dit à sa femme : « Va me tirer une cruche d'cidre, j'ai sef. »

Puis il entra dans sa demeure. La fermière s'en alla vers le cellier[1], laissant seuls les Parisiens.

Et Mme de Cadour, éperdue, bégaya : « Allons-nous-en, Henri, allons-nous-en. »

D'Apreval lui prit le bras, la souleva, et la soutenant de toute sa force, car il sentait bien qu'elle allait tomber, il l'entraîna, après avoir jeté cinq francs sur une des chaises.

Dès qu'ils eurent franchi la barrière, elle se mit à sangloter, toute secouée par la douleur et balbutiant :

« Oh ! oh ! voilà ce que vous en avez fait ?... »

Il était fort pâle. Il répondit d'un ton sec : « J'ai fait ce que j'ai pu. Sa ferme vaut quatre-vingt mille francs. C'est une dot que n'ont pas tous les enfants de bourgeois. »

Et ils revinrent tout doucement, sans ajouter un mot.

Elle pleurait toujours. Les larmes coulaient de ses yeux et roulaient sur ses joues, sans cesse.

Elles s'arrêtèrent enfin, et ils rentrèrent dans Fécamp.

1. **Cellier** : pièce où l'on conserve les bouteilles et les aliments.

M. de Cadour les attendait pour dîner. Il se mit à rire et cria, en les apercevant : « Très bien, ma femme a attrapé une insolation. J'en suis ravi. Vraiment, je crois qu'elle perd la tête, depuis quelque temps ! »

Ils ne répondirent ni l'un ni l'autre ; et comme le mari demandait, en se frottant les mains : « Avez-vous fait une jolie promenade au moins ? »

D'Apreval répondit : « Charmante, mon cher, tout à fait charmante. »

Première publication
dans le journal *Le Figaro*, 15 août 1884.
Repris dans le volume *Yvette*, en 1884.

REPÈRES

- Caractérisez le premier paragraphe. Quelle est sa fonction ?

OBSERVATION

- Quels indices trahissent l'ancienne complicité de Mme de Cadour et de M. d'Apreval ?
- En quelle circonstance ont-ils eu autrefois une liaison ?
- Quelle est la fonction des questions posées aux lignes 53 à 61 ?
- À quelle critique Maupassant donne-t-il libre cours ici ?
- Quelle est la fonction des exclamations aux lignes 81 à 93 ?
- Quelle est l'attitude de la paysanne à l'égard des visiteurs ?
- Quelle est la réaction des parents lorsqu'ils retrouvent leur fils ?

INTERPRÉTATIONS

- Rapprochez ce récit d'autres textes de Maupassant développant le même thème.
- Finalement, au jour de cette visite, Pierre n'est-il pas victime d'un second abandon ?

Dessin de P.-G. Jeanniot (né en 1848) pour La Dot.

LA DOT

PERSONNE ne s'étonna du mariage de Me Simon Lebrument avec Mlle Jeanne Cordier. Me Lebrument venait d'acheter l'étude de notaire de Me Papillon ; il fallait, bien entendu, de l'argent pour la payer ; et Mlle Jeanne Cordier avait trois cent mille francs liquides, en billets de banque et en titres au porteur.

Me Lebrument était un beau garçon, qui avait du chic, un chic notaire, un chic province, mais enfin du chic, ce qui était rare à Boutigny-le-Rebours.

Mlle Cordier avait de la grâce et de la fraîcheur, de la grâce un peu gauche et de la fraîcheur un peu fagotée[1] ; mais c'était, en somme, une belle fille désirable et fêtable[2].

La cérémonie d'épousailles mit tout Boutigny sens dessus dessous.

On admira fort les mariés, qui rentrèrent cacher leur bonheur au domicile conjugal, ayant résolu de faire tout simplement un petit voyage à Paris après quelques jours de tête-à-tête.

Il fut charmant ce tête-à-tête, Me Lebrument ayant su apporter dans ses premiers rapports avec sa femme une adresse, une délicatesse et un à-propos remarquables. Il avait pris pour devise : « Tout vient à point à qui sait attendre. » Il sut être en même temps patient et énergique. Le succès fut rapide et complet.

Au bout de quatre jours, Mme Lebrument adorait son mari. Elle ne pouvait plus se passer de lui, il fallait qu'elle l'eût tout le jour près d'elle pour le caresser, l'embrasser, lui

1. **Fagotée :** mal habillée.
2. **Fêtable :** populaire voire trivial, désirable.

tripoter les mains, la barbe, le nez, etc. Elle s'asseyait sur ses genoux, et, le prenant par les oreilles, elle disait : « Ouvre la bouche et ferme les yeux. » Il ouvrait la bouche avec confiance, fermait les yeux à moitié, et il recevait un bon baiser bien tendre, bien long, qui lui faisait passer de grands frissons dans le dos. Et à son tour il n'avait pas assez de caresses, pas assez de lèvres, pas assez de mains, pas assez de toute sa personne pour fêter sa femme du matin au soir et du soir au matin.

Une fois la première semaine écoulée, il dit à sa jeune compagne : « Si tu veux, nous partirons pour Paris mardi prochain. Nous ferons comme les amoureux qui ne sont pas mariés, nous irons dans les restaurants, au théâtre, dans les cafés-concerts, partout, partout. »

Elle sautait de joie. « Oh ! oui, oh ! oui, allons-y le plus tôt possible. »

Il reprit : « Et puis, comme il ne faut rien oublier, préviens ton père de tenir ta dot toute prête ; je l'emporterai avec nous et je paierai par la même occasion Me Papillon. »

Elle prononça : « Je le lui dirai demain matin. »

Et il la saisit dans ses bras pour recommencer ce petit jeu de tendresse qu'elle aimait tant, depuis huit jours.

Le mardi suivant, le beau-père et la belle-mère accompagnèrent à la gare leur fille et leur gendre qui partaient pour la capitale.

Le beau-père disait : « Je vous jure que c'est imprudent d'emporter tant d'argent dans votre portefeuille. »

Et le jeune notaire souriait. « Ne vous inquiétez de rien, beau-papa, j'ai l'habitude de ces choses-là. Vous comprenez que, dans ma profession, il m'arrive quelquefois d'avoir près d'un million sur moi. De cette façon, au moins, nous évitons un tas de formalités et un tas de retards. Ne vous inquiétez de rien. »

L'employé criait : « Les voyageurs pour Paris en voiture ! »

Ils se précipitèrent dans un wagon où se trouvaient deux vieilles dames.

Lebrument murmura à l'oreille de sa femme : « C'est ennuyeux, je ne pourrai pas fumer. »

Elle répondit tout bas : « Moi aussi, ça m'ennuie bien, mais ça n'est pas à cause de ton cigare. »

Le train siffla et partit. Le trajet dura une heure, pendant laquelle ils ne dirent pas grand-chose, car les deux vieilles femmes ne dormaient point.

Dès qu'ils furent dans la cour de la gare Saint-Lazare, Me Lebrument dit à sa femme : « Si tu veux, ma chérie, nous allons d'abord déjeuner au boulevard, puis nous reviendrons tranquillement chercher notre malle pour la porter à l'hôtel. »

Elle y consentit tout de suite. « Oh oui, allons déjeuner au restaurant. Est-ce loin ? »

Il reprit : « Oui, un peu loin, mais nous allons prendre l'omnibus. »

Elle s'étonna : « Pourquoi ne prenons-nous pas un fiacre ? »

Il se mit à la gronder en souriant : « C'est comme ça que tu es économe, un fiacre pour cinq minutes de route, six sous par minute, tu ne te priverais de rien.

– C'est vrai », dit-elle, un peu confuse.

Un gros omnibus passait, au trot des trois chevaux. Lebrument cria : « Conducteur ! eh ! conducteur ! »

La lourde voiture s'arrêta. Et le jeune notaire, poussant sa femme, lui dit, très vite : « Monte dans l'intérieur, moi je grimpe dessus pour fumer au moins une cigarette avant mon déjeuner. »

Elle n'eut pas le temps de répondre ; le conducteur, qui l'avait saisie par le bras pour l'aider à escalader le marchepied, la précipita dans sa voiture, et elle tomba, effarée, sur une banquette, regardant avec stupeur, par la vitre de derrière, les pieds de son mari qui grimpait sur l'impériale.

Et elle demeura immobile entre un gros monsieur qui sentait la pipe et une vieille femme qui sentait le chien.

Tous les autres voyageurs, alignés et muets – un garçon épicier, une ouvrière, un sergent d'infanterie, un monsieur à lunettes d'or coiffé d'un chapeau de soie aux bords énormes et relevés comme des gouttières, deux dames à l'air important et grincheux, qui semblaient dire par leur attitude : « Nous sommes ici, mais nous valons mieux que ça », deux bonnes sœurs, une fille en cheveux[1] et un croque-mort –, avaient l'air d'une collection de caricatures, d'un musée des grotesques[2], d'une série de charges[3] de la face humaine, semblables à ces rangées de pantins comiques qu'on abat, dans les foires, avec des balles.

Les cahots de la voiture ballottaient un peu leurs têtes, les secouaient, faisaient trembloter la peau flasque des joues ; et, la trépidation des roues les abrutissant, ils semblaient idiots et endormis.

La jeune femme demeurait inerte : « Pourquoi n'est-il pas venu avec moi ? » se disait-elle. Une tristesse vague l'oppressait. Il aurait bien pu, vraiment, se priver de cette cigarette.

Les bonnes sœurs firent signe d'arrêter, puis elles sortirent l'une devant l'autre, répandant une odeur fade de vieille jupe.

On repartit, puis on s'arrêta de nouveau. Et une cuisinière monta, rouge, essoufflée. Elle s'assit et posa sur ses genoux son panier aux provisions. Une forte senteur d'eau de vaisselle se répandit dans l'omnibus.

« C'est plus loin que je n'aurais cru », pensait Jeanne.

Le croque-mort s'en alla et fut remplacé par un cocher qui fleurait[4] l'écurie. La fille en cheveux eut pour successeur un commissionnaire[5] dont les pieds exhalaient le parfum de ses courses.

La notairesse se sentait mal à l'aise, écœurée, prête à pleurer sans savoir pourquoi.

D'autres personnes descendirent, d'autres montèrent.

1. **En cheveux** : sans chapeau.
2. **Grotesques** : qui font rire.
3. **Charges** : caricatures.
4. **Fleurait** : sentait.
5. **Commissionnaire** : qui fait les commissions pour les autres.

L'omnibus allait toujours par les interminables rues, s'arrêtait aux stations, se remettait en route.

« Comme c'est loin ! se disait Jeanne. Pourvu qu'il n'ait pas eu une distraction, qu'il ne soit pas endormi ! Il s'est bien fatigué depuis quelques jours. »

Peu à peu tous les voyageurs s'en allaient. Elle resta seule, toute seule. Le conducteur cria : « Vaugirard ! »

Comme elle ne bougeait point, il répéta : « Vaugirard ! »

Elle le regarda, comprenant que ce mot s'adressait à elle, puisqu'elle n'avait plus de voisins. L'homme dit, pour la troisième fois : « Vaugirard ! »

Alors elle demanda : « Où sommes-nous ? »

Il répondit d'un ton bourru : « Nous sommes à Vaugirard, parbleu, voilà vingt fois que je le crie.

– Est-ce loin du boulevard ? dit elle.

– Quel boulevard ?

– Mais le boulevard des Italiens.

– Il y a beau temps qu'il est passé !

– Ah ! Voulez-vous bien prévenir mon mari ?

– Votre mari ? Où ça ?

– Mais sur l'impériale.

– Sur l'impériale ! v'là longtemps qu'il n'y a plus personne. »

Elle eut un geste de terreur. « Comment ça ? Ce n'est pas possible. Il est monté avec moi. Regardez bien ; il doit y être ! »

Le conducteur devenait grossier : « Allons, la p'tite, assez causé, un homme de perdu, dix de retrouvés.

Décanillez[1], c'est fini. Vous en trouverez un autre dans la rue. »

Des larmes lui montaient aux yeux, elle insista : « Mais, monsieur, vous vous trompez, je vous assure que vous vous trompez. Il avait un gros portefeuille sous le bras. »

1. **Décanillez :** (pop.) Partez !

L'employé se mit à rire : « Un gros portefeuille. Ah ! oui, il est descendu à la Madeleine. C'est égal, il vous a bien lâchée, ah ! ah ! ah !... »

La voiture s'était arrêtée. Elle en sortit, et regarda, malgré elle, d'un mouvement instinctif de l'œil, sur le toit de l'omnibus. Il était totalement désert.

Alors elle se mit à pleurer et tout haut, sans songer qu'on l'écoutait et qu'on la regardait, elle prononça : « Qu'est-ce que je vais devenir ? »

L'inspecteur du bureau s'approcha : « Qu'y a-t-il ? »

Le conducteur répondit d'un ton goguenard[1] : « C'est une dame que son époux a lâchée en route. »

L'autre reprit : « Bon, ce n'est rien, occupez-vous de votre service. »

Et il tourna les talons.

Alors, elle se mit à marcher devant elle, trop effarée, trop affolée pour comprendre même ce qui lui arrivait. Où allait-elle aller ? Qu'allait-elle faire ? Que lui était-il arrivé à lui ? D'où venaient une pareille erreur, un pareil oubli, une pareille méprise, une si incroyable distraction ?

Elle avait deux francs dans sa poche. À qui s'adresser ? Et, tout d'un coup, le souvenir lui vint de son cousin Barral, sous-chef de bureau à la marine.

Elle possédait juste de quoi payer la course du fiacre ; et elle se fit conduire chez lui. Et elle le rencontra comme il partait pour son ministère. Il portait, ainsi que Lebrument, un gros portefeuille sous le bras.

Elle s'élança de sa voiture. « Henry ! » cria-t-elle.

Il s'arrêta stupéfait : « Jeanne ?... ici ?... toute seule ?... Que faites-vous, d'où venez-vous ? »

Elle balbutia, les yeux pleins de larmes. « Mon mari s'est perdu tout à l'heure.

– Perdu, où ça ?

1. **Goguenard :** qui se moque.

– Sur un omnibus.

– Sur un omnibus ?... Oh !... »

Et elle lui conta en pleurant son aventure.

Il l'écoutait, réfléchissant. Il demanda : « Ce matin, il avait la tête bien calme ?

– Oui.

– Bon. Avait-il beaucoup d'argent sur lui ?

– Oui, il portait ma dot.

– Votre dot ?... tout entière ?

– Tout entière... pour payer son étude tantôt.

– Eh bien, ma chère cousine, votre mari, à l'heure qu'il est, doit filer sur la Belgique. »

Elle ne comprenait pas encore. Elle bégayait... « Mon mari... vous dites ?...

– Je dis qu'il a raflé votre... votre capital... et voilà tout. »

Elle restait debout, suffoquée, murmurant : « Alors c'est... c'est... c'est un misérable !... »

Puis, défaillant d'émotion, elle tomba sur le gilet de son cousin, en sanglotant.

Comme on s'arrêtait pour les regarder, il la poussa tout doucement, sous l'entrée de sa maison, et, la soutenant par la taille, il lui fit monter son escalier, et comme sa bonne interdite[1] ouvrait la porte, il commanda : « Sophie, courez au restaurant chercher un déjeuner pour deux personnes. Je n'irai pas au ministère aujourd'hui. »

Première publication
dans le journal *Gil Blas*, 9 septembre 1884.
Repris dans le volume *Toine*, en 1886.

1. **Interdite :** stupéfaite.

REPÈRES

- Dans quel milieu social le premier paragraphe nous introduit-il ?

OBSERVATION

- En quoi la devise de maître Lebrument (ligne 22) est-elle annonciatrice du dénouement ?
- Comment le jeune marié justifie-t-il à son beau-père le fait de voyager avec une telle somme d'argent ?
- Pourquoi prend-il un omnibus et non un fiacre ?
- Caractérisez la description des voyageurs de cet omnibus.
- Pourquoi le conducteur crie-t-il à trois reprises : « Vaugirard ! »
- Le conducteur semble-t-il surpris de la disparition du mari ?
- La jeune femme comprend-elle immédiatement ce qui lui arrive ?

INTERPRÉTATIONS

- Quelle est l'explication de cette aventure ?
- En quoi peut-on parler de fin ouverte à propos de ce récit ?

La Bête à maît' Belhomme

La diligence du Havre allait quitter Criquetot ; et tous les voyageurs attendaient l'appel de leur nom dans la cour de l'hôtel du Commerce tenu par Malandain fils.

C'était une voiture jaune, montée sur des roues jaunes aussi autrefois, mais rendues presque grises par l'accumulation des boues. Celles de devant étaient toutes petites ; celles de derrière, hautes et frêles, portaient le coffre difforme et enflé comme un ventre de bête. Trois rosses blanches, dont on remarquait, au premier coup d'œil, les têtes énormes et les gros genoux ronds, attelées en arbalète[1], devaient traîner cette carriole qui avait du monstre dans sa structure et son allure. Les chevaux semblaient endormis déjà devant l'étrange véhicule.

Le cocher Césaire Horlaville, un petit homme à gros ventre, souple cependant, par suite de l'habitude constante de grimper sur ses roues et d'escalader l'impériale, la face rougie par le grand air des champs, les pluies, les bourrasques et les petits verres, les yeux devenus clignotants sous les coups de vent et de grêle, apparut sur la porte de l'hôtel en s'essuyant la bouche d'un revers de main. De larges paniers ronds, pleins de volailles effarées, attendaient devant les paysannes immobiles. Césaire Horlaville les prit l'un après l'autre et les posa sur le toit de sa voiture ; puis il y plaça plus doucement ceux qui contenaient des œufs ; il y jeta ensuite, d'en bas, quelques petits sacs de grain, de menus paquets enveloppés de mouchoirs, de bouts de toile ou de papiers. Puis il ouvrit la porte

1. **Arbalète :** attelage de trois chevaux à l'avant et de deux à l'arrière.

de derrière et, tirant une liste de sa poche, il lut en appelant : « Monsieur le curé de Gorgeville. »

Le prêtre s'avança, un grand homme puissant, large, gros, violacé et d'air aimable. Il retroussa sa soutane pour lever le pied, comme les femmes retroussent leurs jupes, et grimpa dans la guimbarde.

« L'instituteur de Rollebosc-les-Grinets ? »

L'homme se hâta, long, timide, enredingoté[1] jusqu'aux genoux ; et il disparut à son tour dans la porte ouverte.

« Maît'Poiret, deux places. »

Poiret s'en vint, haut et tortu[2], courbé par la charrue, maigri par l'abstinence[3], osseux, la peau séchée par l'oubli des lavages. Sa femme le suivait, petite et maigre, pareille à une bique fatiguée, portant à deux mains un immense parapluie vert.

« Maît' Rabot, deux places. »

Rabot hésita, étant de nature perplexe. Il demanda : « C'est ben mé qu't'appelles ? »

Le cocher, qu'on avait surnommé « dégourdi », allait répondre une facétie[4], quand Rabot piqua une tête vers la portière, lancé en avant par une poussée de sa femme, une gaillarde haute et carrée dont le ventre était vaste et rond comme une futaille[5], les mains larges comme des battoirs.

Et Rabot fila dans la voiture à la façon d'un rat qui rentre dans son trou.

« Maît' Caniveau. »

Un gros paysan, plus lourd qu'un bœuf, fit plier les ressorts et s'engouffra à son tour dans l'intérieur du coffre jaune.

« Maît' Belhomme. »

Belhomme, un grand maigre, s'approcha, le cou de travers,

---

1. **Enredingoté :** en manteau.
2. **Tortu :** (litt.) difforme.
3. **Abstinence :** jeûne, privation.
4. **Facétie :** farce, plaisanterie.
5. **Futaille :** tonneau, fût.

la face dolente, un mouchoir appliqué sur l'oreille comme s'il souffrait d'un fort mal de dents.

Tous portaient la blouse bleue par-dessus d'antiques et singulières vestes de drap noir ou verdâtre, vêtements de cérémonie qu'ils découvriraient dans les rues du Havre ; et leurs chefs[1] étaient coiffés de casquettes de soie, hautes comme des tours, suprême élégance dans la campagne normande.

Césaire Horlaville referma la portière de sa boîte, puis monta sur son siège et fit claquer son fouet.

Les trois chevaux parurent se réveiller et, remuant le cou, firent entendre un vague murmure de grelots.

Le cocher, alors, hurlant : « Hue ! » de toute sa poitrine, fouailla[2] les bêtes à tour de bras. Elles s'agitèrent, firent un effort, et se mirent en route d'un petit trot boiteux et lent. Et derrière elles, la voiture, secouant ses carreaux branlants et toute la ferraille de ses ressorts, faisait un bruit surprenant de ferblanterie[3] et de verrerie, tandis que chaque ligne de voyageurs, ballottée et balancée par les secousses, avait des reflux de flots à tous les remous des cahots.

On se tut d'abord, par respect pour le curé, qui gênait les épanchements. Il se mit à parler le premier, étant d'un caractère loquace et familier. « Eh bien, maît' Caniveau, dit-il, ça va-t-il comme vous voulez ? »

L'énorme campagnard, qu'une sympathie de taille, d'encolure et de ventre liait avec l'ecclésiastique, répondit en souriant : « Tout d'même, m'sieu le Curé, tout d'même, et d'vote part ?

– Oh ! d'ma part, ça va toujours.

– Et vous, maît' Poiret ? demanda l'abbé.

– Oh ! mé, ça irait, n'étaient les cossards (colzas) qui n'donneront guère c't'année ; et, vu les affaires, c'est là-dessus qu'on s'rattrape.

---

1. **Chefs :** têtes.
2. **Fouailla :** fouetta.
3. **Ferblanterie :** en fer blanc.

– Que voulez-vous, les temps sont durs.

– Que oui, qu'i sont durs », affirma d'une voix de gendarme la grande femme de maît' Rabot.

Comme elle était d'un village voisin, le curé ne la connaissait que de nom. « C'est vous, la Blondel ? dit-il.

– Oui, c'est mé, qu'a épousé Rabot. »

Rabot, fluet, timide et satisfait, salua en souriant ; il salua d'une grande inclinaison de tête en avant, comme pour dire : « C'est bien moi Rabot, qu'a épousé la Blondel. »

Soudain maît' Belhomme, qui tenait toujours son mouchoir sur son oreille, se mit à gémir d'une façon lamentable. Il faisait « gniau... gniau... gniau... » en tapant du pied pour exprimer son affreuse souffrance.

« Vous avez donc bien mal aux dents ? » demanda le curé.

Le paysan cessa un instant de geindre pour répondre : « Non point... m'sieu le Curé... C'est point des dents... c'est d'l'oreille, du fond d'l'oreille.

– Qu'est-ce que vous avez donc dans l'oreille ? Un dépôt ?

– J'sais point si c'est un dépôt, mais j'sais ben qu'c'est eune bête, un' grosse bête, qui m'a entré d'dans, vu que j'dormais su l'foin dans l'grenier.

– Un' bête. Vous êtes sûr ?

– Si j'en suis sûr ? Comme du Paradis, m'sieu le Curé, vu qu'a m'grignote l'fond d'l'oreille. A m'mange la tête, pour sûr ! a m'mange la tête. Oh ! gniau... gniau... gniau... » et il se remit à taper du pied.

Un grand intérêt s'était éveillé dans l'assistance. Chacun donnait son avis. Poiret voulait que ce fût une araignée, l'instituteur que ce fût une chenille. Il avait vu ça une fois déjà à Campemuret, dans l'Orne, où il était resté six ans ; même la chenille était entrée dans la tête et sortie par le nez. Mais l'homme était demeuré sourd de cette oreille-là, puisqu'il avait le tympan crevé.

« C'est plutôt un ver », déclara le curé.

Maît' Belhomme, la tête renversée de côté et appuyée contre la portière, car il était monté le dernier, gémissait toujours. « Oh ! gniau... gniau... gniau... j'crairais ben qu'c'est eune frémi[1], eune grosse frémi, tant qu'a mord... T'nez, m'sieu le Curé... a galope... a galope... Oh ! gniau...gniau... gniau... qué misère !...

– T'as point vu l'médecin ? demanda Caniveau.

– Pour sûr, non.

– D'où vient ça ? »

La peur du médecin sembla guérir Belhomme.

Il se redressa, sans toutefois lâcher son mouchoir. « D'où vient ça ! T'as des sous pour eusse, té, pour ces fainéants-là ? Y s'rait v'nu eune fois, deux fois, trois fois, quat'fois, cinq fois ! Ça fait, deusse écus de cent sous, deusse écus, pour sûr... Et qu'est-ce qu'il aurait fait, dis, çu fainéant, dis, qu'est-ce qu'il aurait fait ? Sais-tu, té ? »

Caniveau riait. « Non, j'sais point. Oùsquè tu vas, comme ça ?

– J'vas t'au Havre vé Chambrelan.

– Qué Chambrelan ?

– L'guérisseux, donc.

– Qué guérisseux ?

– L'guérisseux qu'a guéri mon pé.

– Ton pé ?

– Oui, mon pé, dans l'temps.

– Qué qu'il avait, ton pé ?

– Un vent dans l'dos, qui n'en pouvait pu r'muer pied ni gambe.

– Qué qui li a fait ton Chambrelan ?

– Il y a manié l'dos comm' pou' fé du pain, avec les deux mains donc ! Et ça y a passé en une couple d'heures[2]. »

Belhomme pensait bien aussi que Chambrelan avait prononcé des paroles, mais il n'osait pas dire ça devant le curé.

Caniveau reprit en riant : « C'est-il point quéque lapin

1. **Frémi :** en cauchois, fourmi.
2. **Couple d'heures :** deux heures.

qu'tas dans l'oreille ? Il aura pris çu trou-là pour son terrier, vu la ronce. Attends, j'vas l'fé sauver. »

Et Caniveau, formant un porte-voix de ses mains, commença à imiter les aboiements des chiens courants en chasse. Il jappait, hurlait, piaulait[1], aboyait. Et tout le monde se mit à rire dans la voiture, même l'instituteur qui ne riait jamais.

Cependant, comme Belhomme paraissait fâché qu'on se moquât de lui, le curé détourna la conversation et, s'adressant à la grande femme de Rabot : « Est-ce que vous n'avez pas une nombreuse famille ?

– Que oui, m'sieu le Curé... Que c'est dur à élever ! »

Rabot opinait de la tête, comme pour dire : « Oh ! oui, c'est dur à élever. »

« Combien d'enfants ? »

Elle déclara avec autorité, d'une voix forte et sûre : « Seize enfants, m'sieu l'Curé ! Quinze de mon homme ! »

Et Rabot se mit à sourire plus fort, en saluant du front. Il en avait fait quinze, lui, lui tout seul, Rabot ! Sa femme l'avouait ! Donc, on n'en pouvait point douter. Il en était fier, parbleu !

De qui le seizième ? Elle ne le dit pas. C'était le premier, sans doute ? On le savait peut-être, car on ne s'étonna point. Caniveau lui-même demeura impassible.

Mais Belhomme se mit à gémir : « Oh ! gniau... gniau... gniau... a me trifouille dans l'fond... Oh ! misère !... »

La voiture s'arrêtait au café Polyte. Le curé dit : « Si on vous coulait un peu d'eau dans l'oreille, on la ferait peut-être sortir. Voulez-vous essayer ?

– Pour sûr ! J'veux ben. »

Et tout le monde descendit pour assister à l'opération.

Le prêtre demanda une cuvette, une serviette et un verre d'eau ; et il chargea l'instituteur de tenir bien inclinée la tête

1. **Piaulait** : poussait des cris aigus.

du patient ; puis, dès que le liquide aurait pénétré dans le canal, de la renverser brusquement.

Mais Caniveau, qui regardait déjà dans l'oreille de Belhomme pour voir s'il ne découvrirait pas la bête à l'œil nu, s'écria : « Cré nom d'un nom, qué marmelade ! Faut déboucher ça, mon vieux. Jamais ton lapin sortira dans c'te confiture-là. Il s'y collerait les quat' pattes. »

Le curé examina à son tour le passage et le reconnut trop étroit et trop embourbé pour tenter l'expulsion de la bête. Ce fut l'instituteur qui débarrassa cette voie au moyen d'une allumette et d'une loque[1]. Alors, au milieu de l'anxiété générale, le prêtre versa, dans ce conduit nettoyé, un demi-verre d'eau qui coula sur le visage, dans les cheveux et dans le cou de Belhomme. Puis l'instituteur retourna vivement la tête sur la cuvette, comme s'il eût voulu la dévisser. Quelques gouttes retombèrent dans le vase blanc. Tous les voyageurs se précipitèrent. Aucune bête n'était sortie.

Cependant Belhomme déclarant : « Je sens pu rien », le curé, triomphant, s'écria : « Certainement elle est noyée. » Tout le monde était content. On remonta dans la voiture.

Mais à peine se fut-elle remise en route que Belhomme poussa des cris terribles. La bête s'était réveillée et était devenue furieuse. Il affirmait même qu'elle était entrée dans la tête maintenant, qu'elle lui dévorait la cervelle. Il hurlait avec de telles contorsions que la femme de Poiret, le croyant possédé du diable, se mit à pleurer en faisant le signe de la croix. Puis, la douleur se calmant un peu, le malade raconta qu'« elle » faisait le tour de son oreille. Il imitait avec son doigt les mouvements de la bête, semblait la voir, la suivre du regard : « Tenez, v'là qu'a r'monte... gniau... gniau... gniau... qué misère ! »

Caniveau s'impatientait : « C'est l'iau qui la rend enragée, c'te bête. All' est p't-être ben accoutumée au vin. »

1. **Loque** : chiffon.

On se remit à rire. Il reprit : « Quand j'allons arriver au café Bourbeux, donne-li du fil-en-six et all' n'bougera pu, j'te le jure. »

Mais Belhomme n'y tenait plus de douleur. Il se mit à crier comme si on lui arrachait l'âme. Le curé fut obligé de lui soutenir la tête. On pria Césaire Horlaville d'arrêter à la première maison rencontrée.

C'était une ferme en bordure sur la route. Belhomme y fut transporté ; puis on le coucha sur la table de cuisine pour recommencer l'opération. Caniveau conseillait toujours de mêler de l'eau-de-vie à l'eau, afin de griser et d'endormir la bête, de la tuer peut-être. Mais le curé préféra du vinaigre.

On fit couler le mélange goutte à goutte, cette fois afin qu'il pénétrât jusqu'au fond, puis on le laissa quelques minutes dans l'organe habité.

Une cuvette ayant été de nouveau apportée, Belhomme fut retourné tout d'une pièce par le curé et Caniveau, ces deux colosses, tandis que l'instituteur tapait avec ses doigts sur l'oreille saine, afin de bien vider l'autre.

Césaire Horlaville, lui-même, était entré pour voir, son fouet à la main.

Et, soudain, on aperçut au fond de la cuvette un petit point brun, pas plus gros qu'un grain d'oignon. Cela remuait, pourtant. C'était une puce ! Des cris d'étonnement s'élevèrent, puis des rires éclatants. Une puce ! Ah ! elle était bien bonne, bien bonne ! Caniveau se tapait sur la cuisse, Césaire Horlaville fit claquer son fouet ; le curé s'esclaffait à la façon des ânes qui braient, l'instituteur riait comme on éternue, et les deux femmes poussaient de petits cris de gaieté pareils au gloussement des poules.

Belhomme s'était assis sur la table, et ayant pris sur ses genoux la cuvette, il contemplait avec une attention grave et une colère joyeuse dans l'œil la bestiole vaincue qui tournait dans sa goutte d'eau.

Il grogna : « Te v'là, charogne », et cracha dessus.

Le cocher, fou de gaieté, répétait : « Eune puce, eune puce, ah ! te v'là, sacré puçot, sacré puçot, sacré puçot ! »

Puis, s'étant un peu calmé, il cria : « Allons, en route ! V'là assez de temps perdu. »

Et les voyageurs, riant toujours, s'en allèrent vers la voiture.

Cependant Belhomme, venu le dernier, déclara : « Mé, j'm'en r'tourne à Criquetot. J'ai pu que fé au Havre à cette heure. »

Le cocher lui dit : « N'importe, paie ta place !

– Je t'en dé que la moitié pisque j'ai point passé mi-chemin.

– Tu dois tout pisque t'as r'tenu jusqu'au bout. »

Et une dispute commença qui devint bientôt une querelle furieuse : Belhomme jurait qu'il ne donnerait que vingt sous, Césaire Horlaville affirmait qu'il en recevrait quarante.

Et ils criaient, nez contre nez, les yeux dans les yeux.

Caniveau redescendit. « D'abord, tu dés quarante sous au curé, t'entends, et pi une tournée à tout le monde, ça fait chiquante-chinq, et pi t'en donneras vingt à Césaire. Ça va-t-il, dégourdi ? »

Le cocher, enchanté de voir Belhomme débourser trois francs soixante et quinze, répondit : « Ça va !

– Allons paie.

– J'paierai point. L'curé n'est pas médecin d'abord.

– Si tu n'paies point, j'te r'mets dans la voiture à Césaire et j't'emporte au Havre. »

Et le colosse, ayant saisi Belhomme par les reins, l'enleva comme un enfant.

L'autre vit bien qu'il faudrait céder. Il tira sa bourse, et paya.

Puis la voiture se remit en marche vers Le Havre, tandis que Belhomme retournait à Criquetot, et tous les voyageurs, muets à présent, regardaient sur la route blanche la blouse bleue du paysan, balancée sur ses longues jambes.

Première publication
dans le journal *Gil Blas*, 22 septembre 1885.
Repris dans le volume *Monsieur Parent*, en 1886.

REPÈRES

• À quels types de textes les paragraphes 1 et 2 appartiennent-ils ?

OBSERVATION

• Comment la diligence est-elle décrite ?
• Rapprochez le portrait de Césaire Horlaville de celui de Polyte dans l'Aveu.
• Étudiez l'animalisation des personnages, le portrait des différents voyageurs.
• Quel est le ton du texte ?
• Quelles sont les différentes hypothèses émises quant à la nature de cette bête ?
• Étudiez l'effet d'amplification évoquant la bête dans le fond de l'oreille de maît' Belhomme.
• Quelle est l'attitude de Belhomme vis-à-vis des médecins ? Que leur préfère-t-il ?
• Quel effet produit l'apparition de la puce ?

INTERPRÉTATIONS

• Quelles critiques implicites (voir Outils de lecture) Maupassant destine-t-il aux personnages de ce récit ?

HAUTOT PÈRE ET FILS

1

DEVANT la porte de la maison, demi-ferme, demi-manoir, une de ces habitations rurales mixtes qui furent presque seigneuriales et qu'occupent à présent de gros cultivateurs, les chiens, attachés aux pommiers de la cour, aboyaient et hurlaient à la vue des carnassières[1] portées par le garde et des gamins. Dans la grande salle à manger-cuisine, Hautot père, Hautot fils, M. Bermont, le percepteur, et M. Mondaru, le notaire, cassaient une croûte et buvaient un verre avant de se mettre en chasse, car c'était jour d'ouverture.

Hautot père, fier de tout ce qu'il possédait, vantait d'avance le gibier que ses invités allaient trouver sur ses terres. C'était un grand Normand, un de ces hommes puissants, sanguins, osseux, qui lèvent sur leurs épaules des voitures de pommes. Demi-paysan, demi-monsieur, riche, respecté, influent, autoritaire, il avait fait suivre ses classes, jusqu'en troisième, à son fils Hautot César, afin qu'il eût de l'instruction, et il avait arrêté là ses études de peur qu'il devînt un monsieur indifférent à la terre.

Hautot César, presque aussi haut que son père, mais plus maigre, était un bon garçon de fils, docile, content de tout, plein d'admiration, de respect et de déférence[2] pour les volontés et les opinions de Hautot père.

M. Bermont, le percepteur, un petit gros qui montrait sur ses joues rouges de minces réseaux de veines violettes pareils

1. **Carnassières :** sacs destinés à ramasser le gibier tué.
2. **Déférence :** égard.

Hautot père (Alexis Nitzer) et César (Christian Cloarec).
Adaptation télévisée de Claude Santelli, 1986.

aux affluents et au cours tortueux des fleuves sur les cartes de géographie, demandait : « Et du lièvre – y en a-t-il, du lièvre ?... »

Hautot père répondit : « Tant que vous en voudrez, surtout dans les fonds du Puysatier.

– Par où commençons-nous ? » interrogea le notaire, un bon vivant de notaire gras et pâle, bedonnant aussi et sanglé dans un costume de chasse tout neuf, acheté à Rouen l'autre semaine.

« Eh bien, par là, par les fonds. Nous jetterons les perdrix dans la plaine et nous nous rabattrons dessus. »

Et Hautot père se leva. Tous l'imitèrent, prirent leurs fusils dans les coins, examinèrent les batteries, tapèrent du pied pour s'affermir dans leurs chaussures un peu dures, pas encore assouplies par la chaleur du sang ; puis ils sortirent ; et les chiens se dressant au bout des attaches poussèrent des hurlements aigus en battant l'air de leurs pattes.

On se mit en route vers les fonds. C'était un petit vallon, ou plutôt une grande ondulation de terres de mauvaise qualité, demeurées incultes pour cette raison, sillonnées de ravines[1], couvertes de fougères, excellente réserve de gibier.

Les chasseurs s'espacèrent, Hautot père tenant la droite, Hautot fils tenant la gauche, et les deux invités au milieu. Le garde et les porteurs de carniers[2] suivaient. C'était l'instant solennel où on attend le premier coup de fusil, où le cœur bat un peu, tandis que le doigt nerveux tâte à tout instant les gâchettes.

Soudain, il partit, ce coup ! Hautot père avait tiré. Tous s'arrêtèrent et virent une perdrix, se détachant d'une compagnie qui fuyait à tire-d'aile, tomber dans un ravin sous une broussaille épaisse. Le chasseur excité se mit à courir, enjambant, arrachant les ronces qui le retenaient, et il disparut à son tour dans le fourré, à la recherche de sa pièce.

1. **Ravines** : rigoles creusées par les eaux de ruissellement.
2. **Carniers** : gibiers.

Presque aussitôt, un second coup de feu retentit.

« Ah ! ah ! le gredin, cria M. Bermont, il aura déniché un lièvre là-dessous. »

Tous attendaient, les yeux sur ce tas de branches impénétrables au regard.

Le notaire, faisant un porte-voix de ses mains, hurla : « Les avez-vous ? » Hautot père ne répondit pas ; alors, César, se tournant vers le garde, lui dit : « Va donc l'aider, Joseph. Il faut marcher en ligne. Nous attendrons. »

Et Joseph, un vieux tronc d'homme sec, noueux[1], dont toutes les articulations faisaient des bosses, partit d'un pas tranquille et descendit dans le ravin, en cherchant les trous praticables avec des précautions de renard. Puis, tout de suite, il cria : « Oh ! v'nez ! v'nez ! y a un malheur d'arrivé. »

Tous accoururent et plongèrent dans les ronces. Hautot père, tombé sur le flanc, évanoui, tenait à deux mains son ventre d'où coulait à travers sa veste de toile déchirée par le plomb de longs filets de sang sur l'herbe. Lâchant son fusil pour saisir la perdrix morte à portée de sa main, il avait laissé tomber l'arme dont le second coup, partant au choc, lui avait crevé les entrailles. On le tira du fossé, on le dévêtit, et on vit une plaie affreuse par où les intestins sortaient. Alors, après qu'on l'eut ligaturé[2] tant bien que mal, on le reporta chez lui et on attendit le médecin qu'on avait été quérir[3], avec un prêtre.

Quand le docteur arriva, il remua la tête gravement, et se tournant vers Hautot fils qui sanglotait sur une chaise : « Mon pauvre garçon, dit-il, ça n'a pas bonne tournure. »

Mais quand le pansement fut fini, le blessé remua les doigts, ouvrit la bouche, puis les yeux, jeta devant lui des regards troubles, hagards, puis parut chercher dans sa

1. **Noueux :** qui a des nœuds, comme un arbre.
2. **Ligature :** serré, lié.
3. **Quérir :** chercher (s'emploie seulement à l'infinitif).

mémoire, se souvenir, comprendre, et il murmura : « Nom d'un nom, ça y est ! »

Le médecin lui tenait la main. « Mais non, mais non, quelques jours de repos seulement, ça ne sera rien. »

Hautot reprit : « Ça y est ! j'ai l'ventre crevé ! Je le sais bien. »

Puis soudain : « J'veux parler au fils, si j'ai le temps. »

Hautot fils, malgré lui, larmoyait et répétait comme un petit garçon : « P'pa, p'pa, pauv'e p'pa ! »

Mais le père, d'un ton plus ferme : « Allons pleure pu, c'est pas le moment. J'ai à te parler. Mets-toi là, tout près, ça sera vite fait, et je serai plus tranquille. Vous autres, une minute s'il vous plaît. »

Tous sortirent laissant le fils en face du père.

Dès qu'ils furent seuls : « Écoute, fils, tu as vingt-quatre ans, on peut te dire les choses. Et puis il n'y a pas tant de mystère à ça que nous en mettons. Tu sais bien que ta mère est morte depuis sept ans, pas vrai, et que je n'ai pas plus de quarante-cinq ans, moi, vu que je me suis marié à dix-neuf. Pas vrai ? »

Le fils balbutia : « Oui, c'est vrai.

– Donc ta mère est morte depuis sept ans, et moi je suis resté veuf. Eh bien ! ce n'est pas un homme comme moi qui peut rester veuf à trente-sept ans, pas vrai ? »

Le fils répondit : « Oui, c'est vrai. »

Le père haletant, tout pâle et la face crispée, continua : « Dieu que j'ai mal ! Eh bien, tu comprends. L'homme n'est pas fait pour vivre seul, mais je ne voulais pas donner une suivante à ta mère, vu que je lui avais promis ça. Alors... tu comprends ?

– Oui, père.

– Donc, j'ai pris une petite à Rouen, rue de l'Éperlan, 18, au troisième, la seconde porte – je te dis tout ça, n'oublie pas –, mais une petite qui a été gentille tout plein pour moi, aimante, dévouée, une vraie femme, quoi ? Tu saisis, mon gars ?

– Oui, père.

– Alors, si je m'en vas, je lui dois quelque chose, mais quelque chose de sérieux qui la mettra à l'abri. Tu comprends ?

– Oui, père.

– Je te dis que c'est une brave fille, mais là, une brave, et que, sans toi, et sans le souvenir de ta mère, et puis sans la maison où nous avons vécu tous trois, je l'aurais amenée ici, et puis épousée, pour sûr... écoute... écoute... mon gars... j'aurais pu faire un testament... je n'en ai point fait ! Je n'ai pas voulu... car il ne faut point écrire les choses... ces choses-là... ça nuit trop aux légitimes... et puis ça embrouille tout... ça ruine tout le monde ! Vois-tu, le papier timbré [1], n'en faut pas, n'en fais jamais usage. Si je suis riche, c'est que je ne m'en suis point servi de ma vie. Tu comprends, mon fils !

– Oui, père.

– Écoute encore... Écoute bien... Donc je n'ai pas fait de testament... je n'ai pas voulu..., et puis je te connais, tu as bon cœur, tu n'es pas ladre [2], pas regardant, quoi. Je me suis dit que, sur ma fin, je te conterais les choses et que je te prierais de ne pas oublier la petite : – Caroline Donet, rue de l'Éperlan, 18, au troisième, la seconde porte, n'oublie pas. – Et puis, écoute encore. Vas-y tout de suite quand je serai parti – et puis arrange-toi pour qu'elle ne se plaigne pas de ma mémoire – Tu as de quoi. – Tu le peux – je te laisse assez... Écoute... En semaine on ne la trouve pas. Elle travaille chez Mme Moreau, rue Beauvoisine. Vas-y le jeudi. Ce jour-là elle m'attend. C'est mon jour, depuis six ans. Pauvre p'tite, va-t-elle pleurer !... Je te dis tout ça, parce que je te connais bien, mon fils. Ces choses-là on ne les conte pas au public, ni au notaire, ni au curé. Ça se fait, tout le monde le sait, mais ça ne se dit pas, sauf nécessité. Alors, personne d'étranger dans

1. **Papier timbré :** actes notariés.
2. **Ladre :** avare.

le secret, personne que la famille, parce que la famille, c'est tous en un seul. Tu comprends ?

– Oui, père.

– Tu promets ?

– Oui, père.

– Tu jures ?

– Oui, père.

– Je t'en prie, je t'en supplie, fils, n'oublie pas. J'y tiens.

– Non, père.

– Tu iras toi-même. Je veux que tu t'assures de tout.

– Oui, père.

– Et puis tu verras... tu verras ce qu'elle t'expliquera. Moi, je ne peux pas te dire plus. C'est juré ?

– Oui, père.

– C'est bon, mon fils. Embrasse-moi. Adieu. Je vas claquer, j'en suis sûr. Dis-leur qu'ils entrent. »

Hautot fils embrassa son père en gémissant, puis, toujours docile, ouvrit la porte, et le prêtre parut, en surplis[1] blanc, portant les saintes huiles[2].

Mais le moribond avait fermé les yeux, et il refusa de les rouvrir, il refusa de répondre, il refusa de montrer, même par un signe, qu'il comprenait.

Il avait assez parlé, cet homme, il n'en pouvait plus. Il se sentait d'ailleurs à présent le cœur tranquille, il voulait mourir en paix. Qu'avait-il besoin de se confesser au délégué de Dieu, puisqu'il venait de se confesser à son fils, qui était de la famille, lui ?

Il fut administré, purifié, absous[3], au milieu de ses amis et de ses serviteurs agenouillés, sans qu'un seul mouvement de son visage révélât qu'il vivait encore.

Il mourut vers minuit, après quatre heures de tressaillements indiquant d'atroces souffrances.

1. **Surplis :** vêtement que le prêtre porte à l'église.
2. **Les saintes huiles :** huiles de l'extrême-onction.
3. **Absous :** pardonné.

2

Ce fut le mardi qu'on l'enterra, la chasse ayant ouvert le dimanche. Rentré chez lui, après avoir conduit son père au cimetière, César Hautot passa le reste du jour à pleurer. Il dormit à peine la nuit suivante et il se sentit si triste en s'éveillant qu'il se demandait comment il pourrait continuer à vivre.

Jusqu'au soir cependant il songea que, pour obéir à la dernière volonté paternelle, il devait se rendre à Rouen le lendemain, et voir cette fille Caroline Donet qui demeurait rue de l'Éperlan, 18, au troisième étage, la seconde porte. Il avait répété, tout bas, comme on marmotte[1] une prière, ce nom et cette adresse, un nombre incalculable de fois, afin de ne pas les oublier, et il finissait par les balbutier indéfiniment, sans pouvoir s'arrêter ou penser à quoi que ce fût, tant sa langue et son esprit étaient possédés par cette phrase.

Donc le lendemain, vers huit heures, il ordonna d'atteler Graindorge au tilbury et partit au grand trot du lourd cheval normand sur la grand-route d'Ainville à Rouen. Il portait sur le dos sa redingote noire, sur la tête son grand chapeau de soie et sur les jambes sa culotte à sous-pieds, et il n'avait pas voulu, vu la circonstance, passer par-dessus son beau costume, la blouse bleue qui se gonfle au vent, garantit le drap de la poussière et des taches, et qu'on ôte prestement à l'arrivée, dès qu'on a sauté de voiture.

Il entra dans Rouen alors que dix heures sonnaient, s'arrêta comme toujours à l'hôtel des Bons-Enfants, rue des Trois-Mares, subit les embrassades du patron, de la patronne et de ses cinq fils, car on connaissait la triste nouvelle ; puis, il dut donner des détails sur l'accident, ce qui le fit pleurer, repousser les services de toutes ces gens, empressées parce

1. **Comme on marmotte :** comme on parle entre les dents.

qu'ils le savaient riche, et refuser même leur déjeuner, ce qui les froissa.

Ayant donc épousseté son chapeau, brossé sa redingote et essuyé ses bottines, il se mit à la recherche de la rue de l'Éperlan, sans oser prendre de renseignements près de personne, de crainte d'être reconnu et d'éveiller les soupçons.

À la fin, ne trouvant pas, il aperçut un prêtre, et se fiant à la discrétion professionnelle des hommes d'Église, il s'informa auprès de lui.

Il n'avait que cent pas à faire, c'était justement la deuxième rue à droite.

Alors, il hésita. Jusqu'à ce moment, il avait obéi comme une brute à la volonté du mort. Maintenant il se sentait tout remué, confus, humilié à l'idée de se trouver, lui, le fils, en face de cette femme qui avait été la maîtresse de son père. Toute la morale qui gît en nous, tassée au fond de nos sentiments par des siècles d'enseignement héréditaire, tout ce qu'il avait appris depuis le catéchisme sur les créatures de mauvaise vie, le mépris instinctif que tout homme porte en lui contre elles, même s'il en épouse une, toute son honnêteté bornée de paysan, tout cela s'agitait en lui, le retenait, le rendait honteux et rougissant.

Mais il pensa : « J'ai promis au père. Faut pas y manquer. » Alors il poussa la porte entrebâillée de la maison marquée du numéro 18, découvrit un escalier sombre, monta trois étages, aperçut une porte, puis une seconde, trouva une ficelle de sonnette et tira dessus.

Le din-din qui retentit dans la chambre voisine lui fit passer un frisson dans le corps. La porte s'ouvrit et il se trouva en face d'une jeune dame très bien habillée, brune, au teint coloré, qui le regardait avec des yeux stupéfaits.

Il ne savait que lui dire, et, elle, qui ne se doutait de rien, et qui attendait l'autre, ne l'invitait pas à entrer. Ils se contemplèrent ainsi pendant près d'une demi-minute. À la fin elle demanda : « Vous désirez, monsieur ? »

Il murmura : « Je suis Hautot fils. »

Elle eut un sursaut, devint pâle, et balbutia comme si elle le connaissait depuis longtemps : « Monsieur César ?

– Oui...

– Et alors ?...

– J'ai à vous parler de la part du père. »

Elle fit « Oh ! mon Dieu ! » et recula pour qu'il entrât. Il ferma la porte et la suivit.

Alors il aperçut un petit garçon de quatre ou cinq ans, qui jouait avec un chat, assis par terre devant un fourneau d'où montait une fumée de plats tenus au chaud.

« Asseyez-vous », disait-elle.

Il s'assit... Elle demanda : « Eh bien ? »

Il n'osait plus parler, les yeux fixés sur la table dressée au milieu de l'appartement, et portant trois couverts, dont un d'enfant. Il regardait la chaise tournée dos au feu, l'assiette, la serviette, les verres, la bouteille de vin rouge entamée et la bouteille de vin blanc intacte. C'était la place de son père, dos au feu ! On l'attendait. C'était son pain qu'il voyait, qu'il reconnaissait près de la fourchette, car la croûte était enlevée à cause des mauvaises dents d'Hautot. Puis, levant les yeux, il aperçut, sur le mur, son portrait, la grande photographie faite à Paris l'année de l'Exposition[1], la même qui était clouée au-dessus du lit dans la chambre à coucher d'Ainville.

La jeune femme reprit : « Eh bien, monsieur César ? »

Il la regarda. Une angoisse l'avait rendue livide et elle attendait, les mains tremblantes de peur.

Alors il osa. « Eh bien, mam'zelle, papa est mort dimanche, en ouvrant la chasse. »

Elle fut si bouleversée qu'elle ne remua pas. Après quelques instants de silence, elle murmura d'une voix presque insaisissable : « Oh ! pas possible ! »

Puis, soudain, des larmes parurent dans ses yeux, et levant ses mains elle se couvrit la figure en se mettant à sangloter.

1. **L'Exposition :** l'Exposition universelle de 1889.

Alors, le petit tourna la tête, et voyant sa mère en pleurs, hurla. Puis, comprenant que ce chagrin subit venait de cet inconnu, il se rua sur César, saisit d'une main sa culotte et de l'autre il lui tapait la cuisse de toute sa force. Et César demeurait éperdu, attendri, entre cette femme qui pleurait son père et cet enfant qui défendait sa mère. Il se sentait lui-même gagné par l'émotion, les yeux enflés par le chagrin ; et, pour reprendre contenance, il se mit à parler. « Oui, disait-il, le malheur est arrivé dimanche matin, sur les huit heures... » Et il contait, comme si elle l'eût écouté, n'oubliant aucun détail, disant les plus petites choses avec une minutie de paysan. Et le petit tapait toujours, lui lançant à présent des coups de pied dans les chevilles.

Quand il arriva au moment où Hautot père avait parlé d'elle, elle entendit son nom, découvrit sa figure et demanda : « Pardon, je ne vous suivais pas, je voudrais bien savoir... Si ça ne vous contrariait pas de recommencer. »

Il recommença dans les mêmes termes : « Le malheur est arrivé dimanche matin sur les huit heures... »

Il dit tout, longuement, avec des arrêts, des points, des réflexions venues de lui, de temps en temps. Elle l'écoutait avidement, percevant avec sa sensibilité nerveuse de femme toutes les péripéties qu'il racontait, et, tressaillant d'horreur, faisant : « Oh mon Dieu ! » parfois. Le petit, la croyant calmée, avait cessé de battre César pour prendre la main de sa mère, et il écoutait aussi, comme s'il eût compris.

Quand le récit fut terminé, Hautot fils reprit : « Maintenant, nous allons nous arranger ensemble suivant son désir. Écoutez, je suis à mon aise, il m'a laissé du bien. Je ne veux pas que vous ayez à vous plaindre... »

Mais elle l'interrompit vivement. « Oh ! monsieur César, monsieur César, pas aujourd'hui. J'ai le cœur coupé... Une autre fois, un autre jour... Non, pas aujourd'hui... Si j'accepte, écoutez... ce n'est pas pour moi... non, non, non, je vous le jure. C'est pour le petit. D'ailleurs, on mettra ce bien sur sa tête. »

Alors César, effaré, devina, et balbutiant : « Donc... c'est à lui... le p'tit ?

– Mais oui », dit-elle.

Et Hautot fils regarda son frère avec une émotion confuse, forte et pénible.

Après un long silence, car elle pleurait de nouveau, César, tout à fait gêné, reprit : « Eh bien, alors, mam'zelle Donet, je vais m'en aller. Quand voulez-vous que nous parlions de ça ? »

Elle s'écria : « Oh ! non, ne partez pas, ne partez pas, ne me laissez pas toute seule avec Émile ! Je mourrais de chagrin. Je n'ai plus personne, personne que mon petit. Oh ! quelle misère, quelle misère, monsieur César ! Tenez, asseyez-vous. Vous allez encore me parler. Vous me direz ce qu'il faisait, là-bas, toute la semaine. »

Et César s'assit, habitué à obéir.

Elle approcha, pour elle, une autre chaise de la sienne, devant le fourneau où les plats mijotaient toujours, prit Émile sur ses genoux, et elle demanda à César mille choses sur son père, des choses intimes où l'on voyait, où il sentait sans raisonner qu'elle avait aimé Hautot de tout son pauvre cœur de femme.

Et, par l'enchaînement naturel de ses idées, peu nombreuses, il en revint à l'accident et se remit à le raconter avec tous les mêmes détails.

Quand il dit : « Il avait un trou dans le ventre, on y aurait mis les deux poings », elle poussa une sorte de cri, et les sanglots jaillirent de nouveau de ses yeux. Alors, saisi par la contagion, César se mit aussi à pleurer, et comme les larmes attendrissent toujours les fibres du cœur, il se pencha vers Émile dont le front se trouvait à portée de sa bouche et l'embrassa.

La mère, reprenant haleine, murmurait : « Pauvre gars, le voilà orphelin.

– Moi aussi », dit César.

Et ils ne parlèrent plus.

Mais soudain, l'instinct pratique de ménagère, habituée à songer à tout, se réveilla chez la jeune femme. « Vous n'avez peut-être rien pris de la matinée, monsieur César ?

– Non, mam'zelle.

– Oh ! vous devez avoir faim. Vous allez manger un morceau.

– Merci, dit-il, je n'ai pas faim, j'ai eu trop de tourment. »

Elle répondit : « Malgré la peine, faut bien vivre, vous ne me refuserez pas ça ! Et puis vous resterez un peu plus. Quand vous serez parti, je ne sais pas ce que je deviendrai. »

Il céda, après quelque résistance encore, et s'asseyant dos au feu, en face d'elle, il mangea une assiette de tripes qui crépitaient dans le fourneau et but un verre de vin rouge. Mais il ne permit point qu'elle débouchât le vin blanc.

Plusieurs fois il essuya la bouche du petit qui avait barbouillé de sauce tout son menton.

Comme il se levait pour partir, il demanda : « Quand est-ce voulez-vous que je revienne pour parler de l'affaire, mam'zelle Donet ?

– Si ça ne vous faisait rien, jeudi prochain, monsieur César Comme ça je ne perdrais pas de temps. J'ai toujours mes jeudis libres.

– Ça me va, jeudi prochain.

– Vous viendrez déjeuner, n'est-ce pas ?

– Oh ! quant à ça, je ne peux pas le promettre.

– C'est qu'on cause mieux en mangeant. On a plus de temps aussi.

– Eh bien, soit. Midi alors. »

Et il s'en alla après avoir encore embrassé le petit Émile, et serré la main de Mlle Donet.

3

La semaine parut longue à César Hautot. Jamais il ne s'était trouvé seul et l'isolement lui semblait insupportable. Jusqu'alors, il vivait à côté de son père, comme son ombre, le suivait aux champs, surveillait l'exécution de ses ordres, et quand il l'avait quitté pendant quelque temps le retrouvait au dîner. Ils passaient les soirs à fumer leurs pipes en face l'un de l'autre, en causant chevaux, vaches ou moutons ; et la poignée de main qu'ils se donnaient au réveil semblait l'échange d'une affection familiale et profonde.

Maintenant César était seul. Il errait par les labours d'automne, s'attendant toujours à voir se dresser au bout d'une plaine la grande silhouette gesticulante du père. Pour tuer les heures, il entrait chez les voisins, racontait l'accident à tous ceux qui ne l'avaient pas entendu, le répétait quelquefois aux autres. Puis, à bout d'occupations et de pensées, il s'asseyait au bord d'une route en se demandant si cette vie-là allait durer longtemps.

Souvent il songea à Mlle Donet. Elle lui avait plu. Il l'avait trouvée comme il faut, douce et brave fille, comme avait dit le père. Oui, pour une brave fille, c'était assurément une brave fille. Il était résolu à faire les choses grandement et à lui donner deux mille francs de rente en assurant le capital à l'enfant. Il éprouvait même un certain plaisir à penser qu'il allait la revoir le jeudi suivant, et arranger cela avec elle. Et puis l'idée de ce frère, de ce petit bonhomme de cinq ans, qui était le fils de son père, le tracassait, l'ennuyait un peu et l'échauffait en même temps. C'était une espèce de famille qu'il avait là dans ce mioche clandestin qui ne s'appellerait jamais Hautot, une famille qu'il pouvait prendre ou laisser à sa guise, mais qui lui rappelait le père.

Aussi, quand il se vit sur la route de Rouen, le jeudi matin, emporté par le trot sonore de Graindorge, il sentit son cœur plus léger, plus reposé qu'il ne l'avait encore eu depuis son malheur.

En entrant dans l'appartement de Mlle Donet, il vit la table mise comme le jeudi précédent, avec cette seule différence que la croûte du pain n'était pas ôtée.

Il serra la main de la jeune femme, baisa Émile sur les joues et s'assit, un peu comme chez lui, le cœur gros tout de même.

Mlle Donet lui parut un peu maigrie, un peu pâlie. Elle avait dû rudement pleurer. Elle avait maintenant un air gêné devant lui comme si elle eût compris ce qu'elle n'avait pas senti l'autre semaine sous le premier coup de son malheur, et elle le traitait avec des égards excessifs, une humilité douloureuse, et des soins touchants comme pour lui payer en attention et en dévouement les bontés qu'il avait pour elle. Ils déjeunèrent longuement, en parlant de l'affaire qui l'amenait. Elle ne voulait pas tant d'argent. C'était trop, beaucoup trop. Elle gagnait assez pour vivre, elle, mais elle désirait seulement qu'Émile trouvât quelques sous devant lui quand il serait grand. César tint bon, et ajouta même un cadeau de mille francs pour elle, pour son deuil.

Comme il avait pris son café, elle demanda : « Vous fumez ?

– Oui... J'ai ma pipe. »

Il tâta sa poche. Nom d'un nom, il l'avait oubliée ! Il allait se désoler quand elle lui offrit une pipe du père, enfermée dans une armoire. Il accepta, la prit, la reconnut, la flaira, proclama sa qualité avec une émotion dans la voix, l'emplit de tabac et l'alluma. Puis il mit Émile à cheval sur sa jambe et le fit jouer au cavalier pendant qu'elle desservait la table et enfermait, dans le bas du buffet, la vaisselle sale pour la laver, quand il serait sorti.

Vers trois heures, il se leva à regret, tout ennuyé à l'idée de partir. « Eh bien ! mam'zelle Donet, dit-il, je vous souhaite le bonsoir et charmé de vous avoir trouvée comme ça. »

Elle restait devant lui, rouge, bien émue, et le regardait en songeant à l'autre. « Est-ce que nous ne nous reverrons plus ? » dit-elle.

Il répondit simplement : « Mais oui, mam'zelle, si ça vous fait plaisir.

– Certainement, monsieur César. Alors, jeudi prochain, ça vous irait-il ?

– Oui, mam'zelle Donet.

– Vous venez déjeuner, bien sûr ?

– Mais..., si vous voulez bien, je ne refuse pas.

– C'est entendu, monsieur César, jeudi prochain, midi, comme aujourd'hui.

– Jeudi midi, mam'zelle Donet ! »

Première publication
dans le journal *L'Écho de Paris*, 5 janvier 1889.
Repris dans le volume *La Main gauche*, en 1889.

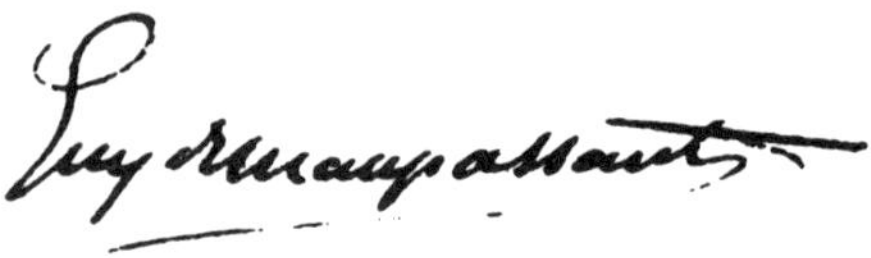

REPÈRES

• Combien ce récit comporte-t-il de parties ? Donnez un titre à chacune d'elles.

OBSERVATION

• Quelle est la situation sociale de Hautot ? Vous justifierez votre réponse en citant précisément le texte.
• Comment l'accident arrive-t-il ?
• Qualifiez la description des lignes 72 à 82.
• Qu'avoue le père à son fils ?
• Comment interprétez-vous l'anaphore : « Oui, père. ». Rapprochez des lignes 21-22.
• Pourquoi le mourant ne peut-il tout expliquer à son fils ?
• Quelle est l'attitude du mourant face à la religion ?
• À partir de la ligne 230, dites quel regard Maupassant porte sur la morale.
• Quels indices matériels laissent présager que César va remplacer son père auprès de Caroline ?
• Pourquoi Caroline, apprenant que le mourant a parlé d'elle, fait-elle répéter César ?
• Pourquoi accepte-t-elle l'arrangement que César lui propose ?
• Comment César comprend-il qu'Émile est son frère ?

INTERPRÉTATIONS

• Comment Caroline réagit-elle face à ces événements soudains ? Qu'apprenons-nous ainsi de sa personnalité ?
• Comment interprétez-vous la question des lignes 457-458 ?
• Le titre ne contient-il pas une ironie ? Laquelle ? Que laisse-t-il augurer ?

L'être et le paraître, la réversibilité de l'être

Thème classique de la littérature, le couple être et paraître est présent dans de nombreux textes du recueil. C'est, derrière le rideau des apparences, dans les pensées les plus sombres de ses personnages que Maupassant fouille.

Le paraître

Que serait la réalité si elle n'était observée, dite, écrite par Guy de Maupassant ? Celle d'un couple réveillonnant sur le cadavre d'un père dont le corps encombre inutilement le lit.

Que serait le village niché dans une valleuse au lieu dit le « Saut du Berger » ? Un village normand comme un autre, dont la direction spirituelle est confiée à un jeune prêtre austère mais zélé.

Que seraient ces personnages que nous croiserions sans peut-être les voir ? La mère Magloire (*Le Petit Fût*), une véritable besogneuse défendant sa terre et sa vie entre travail et abstinence. Céleste (*L'Aveu*), une jeune paysanne préférant se donner au cocher plutôt que de s'acquitter au plein tarif du prix de sa place. Quel mal là-dedans ? Le remarquerions-nous, perdu au centre du cercle des notables, ce jeune notaire de province tellement amoureux de sa jeune épouse (*La Dot*) ?

De quoi pourrions-nous soupçonner Hautot père, mi-paysan mi-seigneur observant si strictement son deuil et son veuvage ? Il ne cède qu'à un péché bien véniel, la chasse, et encore, est-ce un péché ? Lui aussi (*Hautot père et fils*) se protège dans l'épaisseur enfumée des notables cooptés. Et de Rose, la servante de Mme Lefèvre (*Pierrot*) que saurions-nous ? Sinon, et cela nous la rendrait sympathique, qu'elle aime les chiens.

Nous ne nous étonnerions pas que l'oisif narrateur d'*Histoire vraie* file passer six mois en Touraine chez son frère. Tout est normal en somme dans cette comédie sociale, à ce qu'il en parait.

L'être

Nos deux paysans viennent de s'afficher à la messe de minuit, mais de quel irrespect entourent-ils leur défunt ? Le curé martyrise une chienne en gésine et massacre deux amants ; il leur refuse ensuite – assassin qui se dissimule sous sa soutane –, les honneurs dus aux trépassés en terre normande. La mère Magloire, dans l'obscurité de sa masure, succombe lentement à son vice, l'alcool ; Céleste vient de subir les coups effrénés de sa mère en furie, être fille-mère, telle est la honte suprême de ces familles bien-pensantes. Mais que la mère vienne enfin à comprendre le mobile de sa fille : économiser, économiser encore et encore, et la voici, non absoute ni lavée de sa faute, mais encouragée à continuer le manège tant que la grossesse pourra être dissimulée à Polyte. Dissimuler… le maître mot ! Et calculer de concert.

Le jeune notaire emporte la dot vers un paradis fiscal, heureusement, un témoin le voit sur cette impériale et ce témoin, c'est Maupassant. Témoin bien gênant que cet aristocrate normand, il est seul à connaître la double vie d'Hautot père et l'adresse rouennaise de Caroline. Pour Hautot, les apparences sont sauves, il avait promis à sa femme mourante de ne jamais se remarier. Il a tenu parole, il a su contourner le pacte moral et sacré, la promesse tenue sur un lit de mort, il n'a jamais promis de ne pas prendre maîtresse. Quant à Rose, elle prêtera sa main à la mort de Pierrot, filant à grands pas de maraudeuse vers la marnière. Malheureusement pour elle, Maupassant connaît aussi les secrets enfouis de la marnière. Et si le narrateur d'*Histoire vraie* va se chauffer au soleil de Touraine, c'est dans l'espoir que sa servante l'oublie : un noble ne se livre aux amours ancillaires que dans la mesure où les alcôves les maintiennent secrètes. Impossible d'officialiser ce genre d'aventure, impossible d'en reconnaître le fruit, Mme de Cadour (*L'Abandonné*) le sait !

Comment lire l'œuvre

L'action

Le schéma narratif

Tout récit suppose une situation initiale qu'un élément perturbateur vient bouleverser et à partir duquel l'action se déroule. Une séquence modifiant la situation est une péripétie, une séquence n'apportant pas d'élément nouveau, mais n'étant qu'une simple conséquence est un épisode. Le dénouement est aussi appelé situation finale.

La tournée du facteur Boniface est une situation initiale. Le fait divers qu'il découvre dans le journal est l'élément perturbateur.

La maison inexplicablement silencieuse et close est une péripétie, la déduction du brigadier un épisode, la moquerie des deux gendarmes marque la situation finale et le retour de Boniface à ses occupations.

La visite de Chicot à la mère Magloire est une situation initiale. Élément perturbateur, l'arrangement entre les deux protagonistes. Péripétie, l'invitation par Chicot de la mère Magloire qui accepte un verre, puis deux, puis trois. L'alcoolisme, l'acceptation du petit fût sont des épisodes, la chute de la vieille dans la neige, la situation finale.

Les personnages

L'image de la femme

Qu'elle ne soit qu'une simple servante ou une vieille paysanne, qu'elle soit au contraire une aristocrate ou un modèle renommé, la femme est l'un des personnages principaux de ces contes normands. Au-delà des différences sociales, le thème de la maternité les réunit presque toutes.

Portraits contrastés

Dans *Histoire vraie*, Rose meurt d'attachement à son maître, c'est dire qu'elle meurt de chagrin, comme Mirza, la chienne ; d'ailleurs, rappelle au passage le narrateur, « *c'est bête, les femmes* ».

Rosalie Roussel (*Farce normande*) est moins naïve que Rose, et la fête de ses noces ne s'encombre pas d'accessoires inutiles : pas de couronne de fleurs d'oranger autour de cette nuit nuptiale, simplement la conscience d'être bien dotée et la volonté de choisir le parti qui a le plus d'écus en poche, Jean Patu.

Pas de cérémonial bourgeois, aucune pudeur autour de la couche nuptiale, la femme se sait proie consentante guettée par son chasseur de mari.

Ces femmes savent compter. Mme Lefèvre ne s'embarrassera pas longtemps du chien Pierrot, il coûte trop cher à nourrir, et la mère Magloire est aussi fine que maît' Chicot dans ses calculs. De même, la mère de Céleste enjoint à sa fille de profiter de sa situation de fille-mère auprès du coupable Polyte : lui cacher l'événement le plus longtemps possible pour bénéficier de ses largesses. La mère, violente à l'occasion, ne comprend la grossesse de sa fille que par la justification qu'elle en donne, céder au cocher pour ne pas avoir à lui payer le prix du voyage en voiture. Mère et fille ne sont d'accord que sur un point, user quelques mois encore de gratuité !

Désirable et « *fêtable* », telle est la seule essence de la femme. L'aventure de Jeanne Cordier (*La Dot*) nous l'enseigne, seule compte l'éphémère moment où la sensualité peut s'exprimer. Naïve et victime, elle ne décide de rien, comme ne décide de rien dans *Le Retour* la femme aux deux maris. Tout juste est-elle bonne à se dévouer à sa marmaille, tout comme les deux paysannes de *Aux champs*. Les sœurs aînées aident dès qu'elles le peuvent et soulagent un peu leurs mères des servitudes liées aux grossesses multiples.

Gardeuses d'oies, gaveuses, les deux mères distinguent « *à peine leurs produits dans le tas* » ; la mère Tuvache défend son instinct maternel, sa voisine lâche Jean pour 120 francs par mois, pas pour 100 francs : après tout, Jean représente une paire de bras bientôt forgés pour le travail des champs, et ce sont ces bras que Mme d'Hubières vient lui prélever.

D'indéchiffrables énigmes

« *Qui donc pourra déterminer d'une façon précise ce qu'il y a d'âpreté et ce qu'il y a de réel dans les actes des femmes ?* » s'interroge l'un des personnages du *Modèle*. Et de poursuivre : « *Elles mentent sans cesse, sans le vouloir, sans le savoir, sans comprendre, et elles ont, avec cela, malgré cela, une franchise absolue de sensations et de sentiments qu'elles témoignent par des résolutions violentes, inattendues, incompréhensibles, folles, qui déroutent nos raisonnements, nos habitudes de pondération et toutes nos combinaisons égoïstes... elles demeurent pour nous d'indéchiffrables énigmes.* » (*Le Modèle*, p. 102.)

Paradoxalement sincères et fausses, les femmes sont complexes, pour ne pas dire compliquées. Ce que demande le jeune modèle à son amant, c'est que l'ayant prise, il la garde, toute distinction sociale abolie, Rose ne demandait pas autre chose à son maître. C'est trop demander pour un Guy de Maupassant dont les succès féminins ne se comptent plus, pour un Guy de Maupassant absolument ignorant de ce sentiment qu'est la fidélité.

Mais ces femmes, sont-elles tellement fidèles qu'elles le paraissent ?

Mme de Cadour, autrefois mariée sans qu'elle connaisse vraiment son prétendant, connaîtra la passion avec un autre homme, M. d'Apreval, marié lui aussi, quant à la femme du *Retour*, ne s'est-elle pas un peu trop rapidement consolée de la disparition en mer de Martin en se mettant en ménage avec Levesque ? C'est que l'existence est rude et qu'il y faut un homme au foyer ; Caroline Donet le sait, dont la mort d'Hautot père remet en cause la situation matérielle à laquelle va pourvoir Hautot fils.

Mme de Cadour ne peut garder le fils que lui donne son amant, ils vont le cacher dès sa naissance et sauver ainsi le paraître auquel leur condition sociale les soumet. À l'inverse, amoureuse et maîtresse, Caroline Donet est elle aussi reléguée à quelques kilomètres, non autorisée par son vieil amant à venir vivre auprès de lui ; les convenances sociales s'y opposent. Bien que mère, elle doit se contenter d'une rencontre aussi hebdomadaire que clandestine, et Hautot fils, nous le pressentons, va la contraindre aux mêmes exigences.

La signification des patronymes

Maupassant s'amuse, discrètement sans doute, mais il ne peut s'empêcher de rire de la condition de ses personnages. Leur patronyme parle souvent à leurs dépens et connotent leur destin ou leur caractère. En voici quelques exemples.
Dans *Un réveillon*, le père Fournel gît dans une huche à pain, et la première syllabe de son nom le prédestine à être comme définitivement enfourné dans ce drôle de cercueil.
Dans *Histoire vraie*, on marie Rosine à Paumelle, une manière de l'arracher à son destin de voyou, à son destin de paumé : « *Le fils de la mère Paumelle vient encore de faire une bêtise ; il finira mal, ce garçon-là.* »
Jean Patu (*Farce normande*) sera battu au soir de ses noces, les Tuvache (*Aux champs*) héritent d'un nom désignant leur fonction d'éleveurs et l'on peut décomposer celui de leurs voisins Vallin en va l'un, ce Jean qui effectivement les quitte. Mais Tuvache est également le nom du maire de Yonville dans *Madame Bovary*.
Le bourrelier de *La Ficelle* s'appelle Malandain ; c'est lui qui calomnie Hauchecorne à la façon d'un vulgaire... malandrin, ce qui signifie un brigand !
Est-ce un hasard si Jean Summer loue pour l'été une petite maison à Andrésy ? Summer évoque bien l'été et les paresses d'une clientèle oisive sur les terrasses des casinos.
L'aubergiste du *Petit Fût* ne rêve que d'accumuler des lopins de terre aux dépens de la mère Magloire, dont la gloire est de lui résister longtemps, et le nom de Chicot choisi pour lui par Maupassant le destine à cette terre qu'il convoite : le chicot est ce qui reste hors de terre d'un tronc ou d'une racine. Ce client-là a bel et bien les deux pieds collés à la glèbe nor-

mande pour la possession et la jouissance de laquelle il est capable de concevoir les plans les plus tordus !

Le père Boniface croit bien faire en ameutant la gendarmerie, la mère Malivoire voit d'un mauvais œil la grossesse de Céleste... Martin-pêcheur tombe à la mer et M. d'Apreval (*L'Abandonné*) gravit au sens propre un âpre val lorsqu'il part au bras de Mme de Cadour retrouver leur fils illégitime : « *Ils allaient sur la longue route, accablés par la flamme du soleil, montant toujours l'interminable côte.* »

Dans *La Dot*, maître Lebrument ment si bien à sa jeune épouse que vite il la dépossède de son bien tandis que dans le récit intitulé *La Bête à maît' Belhomme*, le cocher Horlaville conduit effectivement ses clients hors la ville de Criquetot. Belhomme se rend au Havre pour y trouver un guérisseur nommé Chambrelan, textuellement un chambrelan est un locataire qui n'occupe qu'une chambre ; il voyage en compagnie de maît' Caniveau dont le nom prête à sourire. Un caniveau se prête à l'écoulement de l'eau, qualité que ne connaît guère au demeurant l'oreille de Belhomme, obstruée par une crasse de plusieurs semaines... un conduit auditif dont la coupable puce aura bien du mal à sortir.

Le paysan normand

La paysannerie omniprésente dans ces dix-huit contes est une classe sociale à laquelle Maupassant n'appartient pas, loin s'en faut ; il la regarde en voisin, il en analyse sans concession le caractère. Son jugement est sans tendresse, pour ces gens prématurément courbés par les travaux de la terre, en revanche, leur sens des affaires ne lui échappe pas et la richesse de quelques-uns d'entre eux est évaluée par le conteur avec une réelle nuance de respect.

Les premiers paysans que nous rencontrons sont le couple du *Réveillon*, qui effectivement semble surgir d'un monde irréel et ne rien connaître des sentiments humains ; le narrateur remarque « *la face abrutie des paysans* », comme celui de *Pierrot* campe rapidement la servante de Mme Lefèvre, « *une brave campagnarde toute simple* ».

Aux champs nous renseigne quant au mode de vie de ces terroirs ; on y vit péniblement de soupe et de pommes de terre, on y vit surtout de grand air.

Robuste, le Normand a fait la guerre, celle de 70 dont ailleurs Guy de Maupassant déclinera toute l'horreur ; tel est le cas du père Matthieu, inventeur du saoulomètre et ci-devant sergent-major. Mais vite, cette race d'hommes forts ploie sous le fardeau des ans ; dans le récit *La Ficelle*, ceux que le narrateur nomme les « *mâles* » (et non les hommes) sont « *déformés par les rudes travaux, par la pesée sur la charrue qui fait en même temps monter l'épaule gauche et dévier la taille, par le fauchage des blés qui fait écarter les genoux pour prendre un aplomb solide, par toutes les besognes lentes et pénibles de la campagne* »... Traditionnellement, les jours de foire et de marché, ils portent l'ample blouse bleue, à moins qu'ils ne la revêtent pour se rendre en ville, comme les passagers de Césaire Horlaville (*La Bête à maît' Belhomme*).

Chicot, rouge et malicieux, appartient à cette race de grands « *gaillards* » malgré ses douleurs, les mêmes douleurs de pays humides courbant en deux Hauchecorne.

De leur côté, les femmes subissent les mêmes usures. Toujours elles portent leurs paniers au bras et le poids des volailles qu'elles ont élevées pour les vendre ; elles ont la taille « *sèche* », « *l'air sec* », comme cette mère Magloire « *sèche, ridée, courbée mais infatigable comme une jeune fille* ». L'épouse de *L'Abandonné* envoie aux visiteurs des regards mauvais et soupçonneux : « *Elle semblait vieille, avec une figure creuse, jaune, dure ; cette figure de bois des campagnardes.* » Quand il vieillit, le couple normand apparaît ainsi : lui, « *courbé par la charrue, maigri par l'abstinence, osseux, la peau séchée par l'oubli des lavages* » ; elle, « *petite et maigre, pareille à une bique fatiguée* ».

Certains sont propriétaires de terres plus vastes et mieux loties que les autres, ce sont des demi-seigneurs « *mi-hobereaux, mi-paysans, riches et vigoureux, taillés pour casser les cornes des bœufs* » (*Histoire vraie*). Plus solides que leurs voisins, ils ont

les moyens de faire réaliser les travaux les plus pénibles par leurs commis, leurs journaliers. Eux vivent dans de vastes fermes dont l'allure générale rappelle celle des châteaux.
Jean Patu (*Farce normande*) est de ceux-là, le plus riche fermier du pays, dont la chasse est la passion, une passion pour laquelle il dépense sa fortune, toute sa fortune. Rosalie Roussel, « *Normande réfléchie* », connaît cette aisance matérielle. Les Hautot vivent dans ces conditions heureuses, ils habitent une maison demi-ferme demi-manoir, presque seigneurs, ils fréquentent le percepteur et le notaire avec lesquels ils forment une classe rurale intermédiaire relativement opulente. Le puissant Hautot, caractère sanguin levant sur ses épaules des voitures de pommes est « *riche, respecté, influent, autoritaire* »... Riche, il paie des études pour son fils, mais jusqu'à la classe de troisième seulement ; il a peur en effet que celui-ci devienne un « *monsieur* » indifférent à la terre.
Car ce qui unit tous ces paysans, comblés ou modestes, c'est bien la terre dont ils se veulent les manants – du latin *maneo* : Je reste !
Un amour intéressé, certes, car l'argent, ils le savent, peut lever de la terre, et peu d'hommes sont capables de résister à l'argent. Dans *Aux champs*, les Vallin commencent par refuser l'offre de Mme d'Hubières, « *mais quand ils apprirent qu'ils auraient cent francs par mois, ils se considérèrent, se consultant de l'œil, très ébranlés* ».
Hauchecorne est économe, « *en vrai Normand* » et bien que brisé par les efforts, se baisse à terre pour récupérer un bout de ficelle ! Autour de lui, les paysans évaluent les bêtes, « *perplexes, toujours dans la crainte d'être mis dedans, n'osant jamais se décider, épiant l'œil du vendeur, cherchant sans fin à découvrir la ruse de l'homme et le défaut de la bête* ».
L'appât du gain a fini par déformer le squelette de la mère Magloire, ses doigts surtout, « *doigts crochus, noués, durs comme des pattes de crabe...* » ; « *...la pensée de trente écus par mois [...] la ravageait de désir* ».
Calcul, incessante opération de ces cerveaux qui se pensent immortels, « *mais elle calculait en dedans que, depuis deux*

ans que durait la chose, elle avait bien payé quarante-huit francs à Polyte, et quarante-huit francs à la campagne ne se trouvent pas dans une ornière ; et elle calculait aussi que dans deux années encore elle aurait payé près de cent francs ».
Tous calculent, qu'ils appartiennent à « *l'aristocratie de la charrue* » ou à la valetaille de la terre, et tant pis si la mère Magloire ou Hauchecorne finissent par en crever ! Seuls les Tuvache n'ont pas le calcul sordide, c'est vrai, mais ils resteront misérables.

La vie et les jours en Normandie

On peut parler à propos de ce recueil d'un ensemble de contes normands, puisque, à l'exception de *La Dot*, tous se déroulent entièrement dans la région natale de l'auteur. Une province que mieux que personne il a su décrire, pour l'avoir souvent et longuement arpentée.

« *J'étais en Normandie...* » : ainsi commence l'une des premières phrases du premier récit, *Un réveillon*. C'est la Normandie de décembre, peinte dans le froid aigu de l'air cru. Le ciel s'y découpe dans la nuit, net et dur, « *criblé d'étoiles qu'on eût dit pâlies par la gelée ; elles sautillaient non point comme des feux, mais comme des astres de glace, des cristallisations brillantes* ». Lumière blanche dans le gel, la terre est d'airain, les sabots des paysans se dirigeant vers l'église pour la messe de minuit y claquent et résonnent comme les carillons fragiles de la contrée, « *comme frileux aussi, dans la vaste nuit glaciale* ».

La terre est vide, seule la lune rappelle par sa forme de faucille le temps très lointain des moissons ; les étoiles lui répondent comme une « *semaille infinie de grains luisants jetés à poignée dans l'espace* ».

Dans cette nuit de Noël, les hommes ne comptent plus guère qu'à la manière de métonymies, les feux qu'ils tiennent à bout de bras pour se diriger vers l'église : « *Entre les cours des fermes plantées d'arbres, au milieu des plaines sombres, ils sautillaient, ces feux, en rasant la terre.* »

Et chez Maupassant, comme chez Flaubert, son maître en matière de description, l'explication arrive en fin de période longue de description, sur le mode d'un présentatif : « *C'étaient des lanternes de corne que portaient les paysans devant leurs femmes en bonnet blanc, enveloppées de longues mantes noires, et suivies des mioches mal éveillés, se tenant la main dans la nuit.* »

La côte, Maupassant mieux que personne en connaît les secrets ; de Dieppe au Havre, elle présente « *une falaise ininterrompue, haute de cent mètres environ, et droite comme une muraille* ». Il en sait toute la géographie et la configuration. « *De place en place, cette grande ligne de rochers blancs s'abaisse brusquement, et une petite vallée étroite, aux pentes rapides couvertes de gazon ras et de joncs marins, descend du plateau cultivé vers une plage de galet où elle aboutit par un ravin semblable au lit d'un torrent. La nature a fait ces vallées, les pluies d'orage les ont terminées par ces ravins, entaillant ce qui restait de falaise, creusant jusqu'à la mer le lit des eaux qui sert de passage aux hommes.* »

Et toujours comme chez Flaubert, la vision part du plus global pour se préciser : « *Quelquefois un village est blotti dans ces vallons, où s'engouffre le vent du large.* » En bon maître des lieux, Maupassant intitule son récit sur le mode de l'onomastique (science des noms de lieux), et le second récit, *Le Saut du berger*, nous apprend, de par la narration même, pourquoi ce lieu fut ainsi nommé par les hommes.

La Normandie est un pays de côtes, celles qui mènent à Rouen ou hors de Rouen sont connues, la côte Sainte-Catherine en outre, qu'emprunte Emma Bovary et depuis laquelle la cité haut-normande lui apparaît comme une Babylone démesurée. La côte de Canteleu – Flaubert vit à Canteleu – offre une vue magnifique et laisse découvrir Rouen, ville aux cent clochers, ville gothique, à cette époque en plein essor industriel : « *Saint-Sever, le faubourg aux manufactures, qui dresse ses mille cheminées fumantes sur le grand ciel vis-à-vis des mille clochetons sacrés de la vieille cité.* »

Comme pour le narrateur de *Madame Bovary*, le fleuve (la Seine) barre ce paysage d'un cours essentiel, « *ondulante, semée d'îles, bordée à droite de blanches falaises que couronnait une forêt, à gauche de prairies immenses qu'une autre forêt limitait, là-bas, tout là-bas* ».

Le même mouvement du regard s'opère après avoir embrassé l'horizon, le même souci impressionniste du détail se manifeste : « *De place en place, des grands navires à l'ancre le long des berges du large fleuve. Trois énormes vapeurs s'en allaient, à la queue leuleu, vers Le Havre ; et un chapelet de bâtiments, formé d'un trois-mâts, de deux goélettes et d'un brick, remontait vers Rouen, traîné par une petit remorqueur vomissant un nuage de fumée noire.* »
Mais c'est à l'intérieur des terres que Maupassant traque ses plus beaux narrateurs, dans les salles bondées des auberges qu'il a fréquentées, chez Jourdain, par exemple (*La Ficelle*), dans la cour duquel une armée de véhicules à bras a posé ses brancards, cul en l'air des charrettes penchées vers le sol comme les terriens qui les attellent : « *charrettes, cabriolets, chars à bancs, tilburys, carrioles innommables, jaunes de crotte, déformées, rapiécées, levant au ciel, comme deux bras, leurs brancards, ou bien le nez par terre et le derrière en l'air* ».
L'impressionnisme de l'auteur éclate dans *Le Crime au père Boniface*, comme il éclate dans *Boule-de-Suif*, lorsque la carriole emporte les filles de *La Maison Tellier* à la campagne, et Maupassant cède là à son amour des couleurs : « *L'homme, vêtu de sa blouse bleue et coiffé d'un képi noir à galon rouge, traversait, par des sentiers étroits, les champs de colza, d'avoine ou de blé, enseveli jusqu'aux épaules dans les récoltes ; et sa tête, passant au-dessus des épis, semblait flotter sur une mer calme et verdoyante qu'une brise légère faisait mollement onduler [...]. Le chien, logé dans un baril, au pied d'un pommier penchant, jappait avec fureur en tirant sur sa chaîne...* »
Impressionniste du récit, Maupassant n'a pas oublié les leçons du naturalisme, et il apprécie le détail ridicule sur lequel Flaubert lui aussi s'arrête si souvent : « *Bientôt la guimbarde, sorte de coffre jaune coiffé d'une casquette de cuir noir, arrivait, secouant son cul au trot saccadé d'une rosse blanche* » (*L'Aveu*). On peut, à l'occasion, railler la poésie.
Mieux encore que le village ou la cour d'auberge, c'est dans la description de la cour de ferme que Maupassant excelle, de la cour normande dite cour masure dont on trouve un exemple dans le récit *L'Abandonné*.

Traditionnellement, cette cour est plantée de pommiers, l'arbre normand dont à l'automne toutes les fermes recueillent les rasières de fruits qui donneront et cidre et calvados. Au centre, la maison est couverte de chaume, autour, les communs, les bâtiments destinés aux animaux et aux grains qu'énumère le narrateur : « *En face, l'écurie, la grange, l'étable, le poulailler. Sous un toit d'ardoises, les voitures, charrette, tombereau, cabriolet. Quatre veaux broutaient l'herbe bien verte sous l'abri des arbres. Les poules noires erraient dans tous les coins de l'enclos.*
Aucun bruit. La porte de la maison était ouverte. Mais on ne voyait personne.
Ils entrèrent. Aussitôt un chien noir sortit d'un baril roulé au pied d'un grand poirier et se mit à japper avec fureur. »
Priorité est donnée, on le voit ici, à la description, d'abord sur le mode de l'énumération enseigné par Flaubert, puis sous forme de simples notations comme autant de touches sur une toile, voire simplement à l'aide d'une phrase nominale. Pas de présence humaine dans ce tableau presque statique, la seule présence intéressante, celle du chien gardien des lieux, n'intervenant que tardivement, au passé simple. Et au prix d'un cliché, puisque l'expression « *japer avec fureur* » est déjà employée dans *Le Crime au père Boniface*, mais n'est-il pas vrai qu'en pays de Caux comme ailleurs, le chien est l'ennemi héréditaire du facteur ?

Correspondances

Les plaisirs et les fêtes

- Gustave Flaubert, *Madame Bovary*, 1857.
- François Mauriac, *Thérèse Desqueyroux*, 1927.
- Jean de La Varende, *Seigneur tu m'as vaincu*, La Pastorale, 1961.
- Michel de Saint-Pierre, *Dieu vous garde des femmes !*, La Lièvre de Noël, 1955.
- Bernard Alexandre, *Le Horsain*, 1988.

1

« Jusqu'au soir, on mangea. Quand on était trop fatigué d'être assis, on allait se promener dans les cours ou jouer une partie de bouchon dans la grange, puis on revenait à table. Quelques-uns, vers la fin, s'y endormirent et ronflèrent. Mais, au café, tout se ranima ; alors on entama des chansons, on fit des tours de force, on portait des poids, on passait sous son pouce, on essayait à soulever les charrettes sur ses épaules, on disait des gaudrioles, on embrassait les dames. Le soir, pour partir, les chevaux gorgés d'avoine jusqu'aux naseaux eurent du mal à entrer dans les brancards ; ils ruaient, se cabraient, les harnais se cassaient. Leurs maîtres juraient ou riaient ; et toute la nuit, au clair de lune, par les routes du pays, il y eut des carrioles emportées qui couraient au grand galop, bondissant dans les saignées, sautant par-dessus les mètres de cailloux, s'accrochant aux talus avec des femmes qui se penchaient en dehors de la portière pour saisir les guides.
Ceux qui restèrent aux Bertaux passèrent la nuit à boire dans la cuisine. Les enfants s'étaient endormis sous les bancs.
La mariée avait supplié son père qu'on lui épargnât les plaisanteries d'usage. Cependant, un mareyeur de leurs cousins (qui même avait apporté, comme présent de noces, une paire de soles) commençait à souffler de l'eau avec sa bouche par le trou de la serrure, quand le père Rouault arriva juste à temps pour l'en empêcher, et lui expliqua que la position grave de son gendre ne permettait pas de telles inconvenances. »

Gustave Flaubert, *Madame Bovary*, 1857.

2

« Le jour étouffant des noces, dans l'étroite église de Saint-Clair où le caquetage des dames couvrait l'harmonium à bout de souffle et où leurs odeurs triomphaient de l'encens, ce fut ce jour-là que Thérèse se sentit perdue. Elle était entrée somnambule dans la cage et, au fracas de la lourde porte refermée, soudain la misérable enfant se réveillait. Rien de changé, mais elle avait le sentiment de ne plus pouvoir désormais se perdre seule. Au plus épais d'une famille, elle allait couver, pareille à un feu sournois qui rampe sous la brande, embrase un pin, puis l'autre, puis de proche en proche crée une forêt de torches. Aucun

visage sur qui reposer ses yeux, dans cette foule, hors celui d'Anne ; mais la joie enfantine de la jeune fille l'isolait de Thérèse : sa joie !
[...]
Longtemps après ce jour, à Saint-Clair et à B., les gens ne s'entretinrent jamais de ces noces de Gamache (où plus de cent métayers et domestiques avaient mangé et bu sous les chênes) sans rappeler que l'épouse, "qui sans doute n'est pas régulièrement jolie mais qui est le charme même", parut à tous, ce jour-là, laide et même affreuse : "Elle ne se ressemblait pas ; c'était une autre personne..." Les gens virent seulement qu'elle était différente de son apparence habituelle ; ils incriminèrent la toilette blanche, la chaleur ; ils ne reconnurent pas son vrai visage.
Au soir de cette noce mi-paysanne, mi-bourgeoise, des groupes où éclataient les robes des filles obligèrent l'auto des époux à ralentir, et on les acclamait. Ils dépassèrent, sur la route jonchée de fleurs d'acacias, des carrioles zigzagantes, conduites par des drôles qui avaient bu. »

François Mauriac, *Thérèse Desqueyroux*, 1927.

3

« Cette année-là, les enfants commencèrent de saboter dès dix heures du soir autour de Vieuxville, afin de passer au plus court. On préparait une fête extraordinaire. La nuit se remplissait de lanternes et de voix et, dans la résonance caractéristique de l'étrange terroir, on eût dit la plaine constellée et bruissante. La crépitation des étoiles se repercutait sur la glèbe.
À onze heures et demie, le marquis s'en fut à son tour vers l'église, lui seul, sans lanterne, n'ayant nul besoin de lumière pour se guider dans le parc dont il connaissait tous les arbres, même les repousses. D'ailleurs, au bout de l'avenue, un grand halo sortait de la chapelle où toutes les bougies du village étaient allumées. Chaque assistant apportait les siennes, et les riches tout un paquet.
La nef rutilait sous les centaines de petites flammes mobiles que des souffles, filtrant de la voûte de chêne, agitaient. L'église était pleine, et le chœur bien encombré. »

Jean de La Varende,
Seigneur, tu m'as vaincu, La Pastorale, 1961.

4

« Et tout le monde se précipita vers le lieu du bruit. C'est alors qu'une voix éraillée mais triomphante s'éleva, portant un refrain joyeux :

Bois un coup, Sulpice,
Tant mieux si tu pisses...

Les hautes silhouettes de Hauchepot et de Céladon apparurent comme le double spectre de la vengeance. Leurs nez pointèrent, leurs yeux flambèrent : au beau milieu de la route départementale numéro quinze, plus tordu, bossu et vilain que jamais sous sa casquette boutonnée, les yeux rieurs (bien qu'ils pleurassent de vieillesse et de froid), se tenait Prentout le braconnier. À son poing gauche, le fusil à chiens. À son poing droit, le cadavre énorme et roux de la lièvre, qui pendouillait noblement.

"Ce n'est pas possible !" dirent les messieurs d'une voix étranglée.

Puis leur fureur trouva passage dans leur gorge, comme une bête dans une haie, et ce fut un concert d'imprécations, de vociférations et de malédictions qui s'éleva...

Mais Prentout, dans le bref silence d'une pause, plaça une réponse qui fit mouche :

"Eh ben, messieurs, eh ben, je connais mon dreit. C'te lièvre-là, je l'avions tué sur la route. Personne peut rien y dire. Personne..."

MM. de Hochepot et de Céladon prirent lentement la mesure de chaque mot. Le vieux brigand disait vrai. Il pouvait tirer le gibier sur la route. C'était son droit, le droit des gens. Absolu, incontestable.

Et Prentout, s'adressant aux messieurs médusés, poussa gentiment son avantage :

"Faut dire que c'est la Noël dans six jours. Et que j'avions rien à me mettre sous la dent pour le réveillon. Je suis trop vieux pour la messe de minuit, sûr, mais je suis encore là pour le réveillon, ben sûr : juste le temps qu'il faut pour la bonifier, c'te lièvre. Quand ça sera le moment, j'vas y couper l'arrière et le piquer au lard gras salé. Quinze minutes pour rôtir, retirer, enduire d'une bonne couche de moutarde. Dix minutes pour finir le rôti. Une cuillerée à bouche de sauce poivrade..." »

Michel de Saint-Pierre, *Dieu vous garde des femmes !*,
La Lièvre de Noël, 1955.

5

« Nous arrivons bientôt au champ de foire où règne une grande effervescence. Bêtes, gens, carrioles se frôlent et s'entrecroisent. Les cris des marchands aux étals se mêlent à ceux des charretiers qui cherchent à se frayer un passage dans la foule. Coquette ne se trouble pas : elle sait où elle va et parvient, sans changer son petit train, à braver la cohue où chacun, se croyant chez soi, se maintient sans bouger à la place qu'il a choisie.

Enfin nous parvenons à entrer dans la cour de l'hôtel de l'Europe. J'aperçois quelques blaudes bleues – grandes blouses au col brodé ou marqué d'un liseré. Ceux qui les portent sont des marchands de bestiaux – car tout le monde est endimanché : on va au marché comme on va à la messe, pour voir les autres et se faire voir.

Notre carriole trouve une place parmi ses semblables, rangées sur trois rangs. La jument est dételée. Pour éviter qu'elle s'enfuie, on passe sa longe dans un anneau scellé dans le mur et, pour la faire patienter, on lui plonge la tête dans son sac de provende.

Le marché – vente et achats – est l'affaire des femmes. Ce sont elles qui portent les paniers et cherchent les chalands.

Elles ont leurs habitudes. Certaines gagnent la halle au blé, un grand bâtiment de brique situé au centre de la place principale, où sont installés, bien à l'abri, des marchands en gros ou demi-gros, montés du Havre, qu'on connaît depuis longtemps ici : certains sont venus pendant toute la guerre. L'avantage avec eux, c'est qu'ils peuvent acheter toutes les marchandises d'une vendeuse d'un seul coup... Bien sûr, ils volent un p'tieu mais on n'a pas à attendre et puis :

– Si faut s'fai voler, qu'ce soit par l'eun ou par z'autes... est du pareil au même, comme toujou !

D'autres femmes préfèrent aller au banc où elles paient un droit pour présenter leurs marchandises aux clients qui passent. Là, on n'est guère abrité, et il faut être patient mais on rencontre beaucoup de monde à qui causer : ça passe un moment et ça change les idées...

Les hommes, pendant ce temps, vaquent à leurs propres affaires : chez le quincaillier, le bourrelier, le marchand d'engrais... Dès qu'ils ont fini, ils gagnent l'agora (ce sont les curés qui ont appelé ainsi le carrefour qui mène au Havre, à Fécamp et à Bolbec).

Là, bien alignés le long du trottoir, comme des oiseaux sur un fil, les compères se retrouvent en n'échangeant que rarement quelques mots :

– Y a guère de monde an'hu...

– Est plutôt creux !

Parfois, l'un d'entre eux tape sur l'épaule d'un autre – c'est la manière habituelle de se faire signe. Sans mot dire, ils quittent alors le groupe ensemble : ils savent où ils vont. Toujours au même café où, souvent, deux autres partenaires les attendent déjà. »

Bernard Alexandre, *Le Horsain*, 1988.

Correspondances

Le retour d'un mari porté disparu

- Balzac, *Le Colonel Chabert*, 1844.
- Zola, *Jacques Damour*, 1880.

1

« – Oui, nous plaiderons, s'écria d'une vois sourde le colonel qui ouvrit la porte et apparut tout à coup devant sa femme, en tenant une main dans son gilet et l'autre étendue vers le parquet, geste auquel le souvenir de son aventure donnait une horrible énergie.

– C'est lui, se dit en elle-même la comtesse.

– Trop cher ! reprit le vieux soldat. Je vous ai donné près d'un million, et vous marchandez mon malheur. Hé bien, je vous veux maintenant vous et votre fortune. Nous sommes communs en biens, notre mariage n'a pas cessé...

– Mais monsieur n'est pas le colonel Chabert, s'écria la comtesse en feignant la surprise.

– Ah ! dit le vieillard d'un ton profondément ironique, voulez-vous des preuves ? Je vous ai prise au Palais-Royal...

La comtesse pâlit. En la voyant pâlir sous son rouge, le vieux soldat, touché de la vive souffrance qu'il imposait à une femme jadis aimée avec ardeur, s'arrêta ; mais il en reçut un regard si venimeux qu'il reprit tout à coup : "Vous étiez chez la...

– De grâce, monsieur, dit la comtesse à l'avoué, trouvez bon que je quitte la place. Je ne suis pas venue ici pour entendre de semblables horreurs."

Elle se leva et sortit. Derville s'élança dans l'étude. La comtesse avait trouvé des ailes et s'était comme envolée. En revenant dans son cabinet, l'avoué trouva le colonel dans un violent accès de rage, et se promenant à grands pas.

"Dans ce temps-là chacun prenait sa femme où il voulait, disait-il, mais j'ai eu tort de la mal choisir, de me fier à des apparences. Elle n'a pas de cœur.

– Eh bien, colonel, n'avais-je pas raison en vous priant de ne pas venir ? Je suis maintenant certain de votre identité. Quand vous vous êtes montré, la comtesse a fait un mouvement dont la pensée n'était pas équivoque. Mais vous avez perdu votre procès, votre femme sait que vous êtes méconnaissable !

– Je la tuerai...

– Folie ! vous serez pris et guillotiné comme un misérable. D'ailleurs peut-être, manquerez-vous votre coup ! ce serait impardonnable, on ne doit jamais manquer sa femme quand on veut la tuer. Laissez-moi réparer vos sottises, grand enfant ! Allez-vous-en. Prenez garde à vous, elle serait capable de vous faire tomber dans quelque piège et de vous enfermer à Charenton. Je vais lui signifier nos actes afin de vous garantir de toute surprise."

Le pauvre colonel obéit à son jeune bienfaiteur, et sortit en lui balbutiant des excuses. Il descendait lentement les marches de l'escalier noir, perdu dans des sombres pensées, accablé peut-être par le coup qu'il venait de recevoir, pour lui le plus cruel, le plus profondément enfoncé dans son cœur, lorsqu'il entendit, en parvenant au dernier palier, le frôlement d'une robe, et sa femme apparut.

"Venez, monsieur", lui dit-elle en lui prenant le bras par un mouvement semblable à ceux qui lui étaient familiers autrefois.

L'action de la comtesse, l'accent de sa voix redevenue gracieuse, suffirent pour calmer la colère du colonel, qui se laissa mener jusqu'à la voiture.

"Eh bien, montez donc !" lui dit la comtesse quand le valet eut achevé de déplier le marchepied.

Et il se trouva, comme par enchantement, assis près de sa femme dans le coupé.

"– Où va madame ? demanda le valet.

– À Groslay", dit-elle.

Les chevaux partirent et traversèrent tout Paris.

"Monsieur !" dit la comtesse au colonel d'un son de voix qui révélait une de ces émotions rares dans la vie, et par lesquelles tout en nous est agité. En ces moments, cœur, fibres, nerfs, physionomie, âme et corps, tout, chaque pore même tressaille. La vie semble ne plus être en nous ; elle en sort et jaillit, elle se communique comme une contagion, se transmet par le regard, par l'accent de la voix, par le geste, en imposant notre vouloir aux autres. Le vieux soldat tressaillit en entendant ce seul mot, ce terrible : "Monsieur !" Mais aussi était-ce tout à la fois un reproche, une prière, un pardon, une espérance, un désespoir, une interrogation, une réponse. Ce mot comprenait tout. Il fallait être comédienne pour jeter tant d'éloquence, tant de sentiments dans un mot. Le vrai n'est pas si complet dans son expression, il ne met pas tout en dehors, il laisse voir tout ce qui est au-dedans. Le colonel eut mille remords de ses soupçons, de ses demandes, de sa colère, et baissa les yeux pour ne pas laisser deviner son trouble.

"Monsieur, reprit la comtesse après une pause imperceptible, je vous ai bien reconnu !

– Rosine, dit le vieux soldat, ce mot contient le seul baume qui pût me faire oublier mes malheurs."

Deux grosses larmes roulèrent toutes chaudes sur les mains de sa femme, qu'il pressa pour exprimer une tendresse paternelle.

"Monsieur, reprit-elle, comment n'avez-vous pas deviné qu'il me coûtait horriblement de paraître devant un étranger dans une position aussi fausse que l'est la mienne ! Si j'ai à rougir de ma situation, que ce ne soit au moins qu'en famille. Ce secret ne devait-il pas rester enseveli dans nos cœurs ? Vous m'absoudrez, j'espère, de mon indifférence apparente pour les malheurs d'un Chabert à l'existence duquel je ne devais pas croire. J'ai reçu vos lettres, dit-elle vivement, en lisant sur les traits de son mari l'objection qui s'y exprimait, mais elles me parvinrent treize mois après la bataille d'Eylau ; elles étaient ouvertes, salies, l'écriture en était méconnaissable, et j'ai dû croire, après avoir obtenu la signature de Napoléon sur mon nouveau contrat de mariage, qu'un adroit intrigant voulait se jouer de moi. Pour ne pas troubler le repos de M. le comte Ferraud, et ne pas altérer les liens de la famille, j'ai donc dû prendre des précautions contre un faux Chabert. N'avais-je pas raison, dites ?" »

Balzac, *Le Colonel Chabert*, 1844.

2

« Félicie eut un geste de la main, pour écarter tout le monde. Elle ne pouvait parler. D'un mouvement pénible, elle s'était mise debout et marchait vers la salle à manger, au fond de la boutique. Sans qu'elle leur eût dit de la suivre, les deux hommes disparurent derrière elle, Berru ricanant, Damour les yeux toujours fixés sur les dalles couvertes de sciure, comme s'il avait craint de tomber.

"Eh bien ! c'est drôle tout de même !" murmura Mme Vernier, quand elle fut seule avec les garçons.

Ceux-ci s'étaient arrêtés de couper et de peser, échangeant des regards surpris. Mais ils ne voulurent pas se compromettre, et ils se remirent à la besogne, l'air indifférent, sans répondre à la cliente, qui s'en alla avec ses deux côtelettes sur la main, en les étudiant d'un regard maussade.
Dans la salle à manger, Félicie parut ne pas se trouver encore assez seule. Elle poussa une seconde porte et fit entrer les deux hommes dans sa chambre à coucher. C'était une chambre très soignée, close, silencieuse, avec des rideaux blancs au lit et à la fenêtre, une pendule dorée, des meubles d'acajou dont le vernis luisait, sans un grain de poussière. Félicie se laissa tomber dans un fauteuil de reps bleu, et elle répétait ces mots :
"C'est vous... C'est vous..."
Damour ne trouva pas une phrase. Il examinait la chambre, et il n'osait s'asseoir, parce que les chaises lui semblaient trop belles. Aussi fût-ce encore Berru qui commença.
"Oui, il y a quinze jours qu'il vous cherche... Alors il m'a rencontré, et je l'ai amené."
Puis, comme s'il eût éprouvé le besoin de s'excuser auprès d'elle :
"Vous comprenez, je n'ai pu faire autrement. C'est un ancien camarade, et ça m'a retourné le cœur, quand je l'ai vu à ce point dans la crotte."
Pourtant, Félicie se remettait un peu. Elle était la plus raisonnable, la mieux portante aussi. Quand elle n'étrangla plus, elle voulut sortir d'une situation intolérable et entama la terrible explication.
"Voyons, Jacques, que viens-tu demander ?"
Il ne répondit pas.
"C'est vrai, continua-t-elle, je me suis remariée. Mais il n'y a pas de ma faute, tu le sais. Je te croyais mort, et tu n'as rien fait pour me tirer d'erreur."
"Si, je t'ai écrit."
"Je te jure que je n'ai pas reçu tes lettres. Tu me connais, tu sais que je n'ai jamais menti... Et, tiens ! j'ai l'acte ici, dans un tiroir."
Elle ouvrit un secrétaire, en tira fiévreusement un papier et le donna à Damour, qui se mit à le lire d'un air hébété. C'était son acte de décès. Elle ajoutait :
"Alors, je me suis vue toute seule, j'ai cédé à l'office d'un homme qui voulait me sortir de ma misère et de mes tourments... Voilà toute ma faute. Je me suis laissé tenter par l'idée d'être heureuse. Ce n'est pas un crime, n'est-ce pas ?" »

Zola, *Jacques Damour*, ch. 3, 1880.

Jugements critiques

La critique contemporaine en 1888

L'Anglais Henry James s'attarde sur le sort réservé par Guy de Maupassant au petit peuple des paysans de Normandie, type et caractère qu'il a compris mieux que personne.

« C'est assurément par son paysan normand que ses contes vivront ; il connaît ce digne personnage comme s'il l'avait fait, il le comprend à merveille, et le campe en quelques touches très libres, très évocatrices. M. de Maupassant ne l'admire pas, et il domine si parfaitement son sujet qu'il siérait mal à un étranger de lui suggérer de réviser son jugement. Il représente une partie du décor méprisable du monde, partie qui, dans l'ensemble, apparaît même comme étant la plus grotesque. Sa méfiance, sa prudence, sa sagacité naturelle, sa ladrerie, sa bassesse oppressante et générale sont aussi reconnaissables que ce patois bizarre et fruste dans lequel il s'exprime, et dont notre auteur joue en virtuose. Il serait impossible d'exposer avec un sens plus aigu de leur ridicule les vanités et les balourdises qui résultent de son ignorance, les perplexités que lui causent ses appétits contradictoires, les pièges qu'il se tend à lui-même par excès de circonspection. Son existence n'est pas sans gaieté, mais il s'agit souvent de cette gaieté barbare qu'illustre l'anecdote de *Farce normande*, à laquelle il vaut mieux renvoyer le lecteur, comme pour bon nombre de récits de M. de Maupassant, plutôt que de la répéter. »

Henry James, *Sur Maupassant, l'art de la fiction*, 1888.
Traduit de l'anglais aux Éditions Évelyne Labbé-Complexe, 1987.

Le déchirement des voiles

F. Court-Pérez évoque le naturalisme de Maupassant, sa curiosité d'auteur prompte à pénétrer tous les milieux sociaux ; à cet égard, la campagne normande lui offre une palette choisie, qu'il nous tend à son tour. Mais dans quel but ?

« Voir, tout voir et, à travers le regard, savoir, comprendre, déchiffrer les énigmes : c'est de là que part Maupassant, c'est là que Flaubert intervient, et c'est pour cela que Maupassant, tout naturellement, aboutit à la participation au recueil des *Soirées de Médan* avec *Boule-de-Suif*. De l'écrivain naturaliste il possède la curiosité à l'égard de tous les milieux, avec une prédilection pour la prostituée (*Mademoiselle Fifi, La Maison Tellier, Les Sœurs Rondoli...*), avec une fidélité toute particulière pour le monde de son enfance. Il doit en effet une large part de sa notoriété à ses personnages de paysans normands, roublards, un peu ivrognes mais de bonne humeur. Ce paysan est souvent vu grand escogriffe ridicule (*La Bête à maît'Belhomme*) ou en bon obèse réjoui (*Toine*), avec ses expressions patoisantes savoureuses, généralement flanqué d'une épouse desséchée et acariâtre (pour faire plus vrai ou plus drôle), restitué dans des situations souvent dérivées de simples faits divers. Le regard perd de sa malice et devient, si l'on tient compte du pessimisme accru de l'auteur, plus naturaliste encore lorsqu'il se pose sur le monde des employés – peut-être parce que là l'individualité souffrante remplace une société – et se teinte de pitié dans l'observation des jolies épouses des petits employés, qui rêvent bals et bijoux (*La Parure, les Bijoux*) et qui apparaissent comme les attachantes victimes de leur bovarysme.
Maupassant scrute le monde des paysans, des petits-bourgeois, des gentilshommes campagnards, des notables, des riches ou des pauvres, et l'interprète implicitement. Il opère un déchirement des voiles. »

F. Court-Pérez, « Maupassant », in *Dictionnaire des littératures de langue française*, Bordas, 1984.

R. Gardes remarque en filigrane des contes et nouvelles de Maupassant et de leur aspect anecdotique, un propos profondément pessimiste porté sur le peuple.

« En règle générale la vision du peuple que révèlent les contes et les nouvelles est assez noire. Maupassant s'intéresse beaucoup aux humbles et sa parfaite connaissance des paysans ou des pêcheurs lui permet de trouver très rapidement le trait juste, évocateur, qui campe d'emblée une silhouette ou transcrit avec bonheur le pittoresque d'une conversation. Le fréquent pessimisme de sa vision efface les quelques élans de sympathie qui parfois se font jour et amène l'écrivain à formuler des propos très durs à l'égard du peuple. »

R. Gardes, *Analyses et réflexions sur Maupassant : le pessimisme*, Ellipses, 1979.

Hubert Juin partage la même analyse et discerne derrière ce pessimisme ce que l'on peut appeler la fin annoncée de l'homme Maupassant.

« Pour Maupassant, l'heure de l'écritoire est aussi l'heure des fantômes. Ses yeux, déjà, dans son refuge de La Guillette, s'emplissent tantôt de sable et tantôt de sel. Déjà, il voile les miroirs. Déjà il se devine. Ce qui requiert, à mon sens, dans *Les Contes de la Bécasse*, c'est ce subtil adieu qu'on y devine : un adieu à la santé, un adieu à la vie qui est grasse et épaisse. Maupassant tremble déjà, et ce tremblement est partout, épars, dans *Pierrot*, par exemple, mais aussi dans *La Peur*, et dans ces pages étranges qui sont titrées : *La Folle*. L'univers se lézarde : le dedans paraît au-dehors, hâve et morbide. L'apparence joyeuse se fissure, l'édifice se rompt. C'est ici, dans ces contes de 1883, que l'on voit en clair la fêlure de Maupassant. Ici, que l'on perçoit d'une façon exemplaire ce qu'il y a de tragique, et de quasi insoutenable, dans l'écriture de cet écrivain-là... »

H. Juin, préface aux *Contes de la Bécasse*, Folio Gallimard, 1979.

Ce que retient Paul Morand, c'est la peinture du paysage normand.

« Les paysages normands, c'est ce que Maupassant a laissé de mieux. Il est un de nos meilleurs peintres d'extérieurs. On y chercherait en vain le fond éternel des romantiques, la nature animée par l'âme ; jamais l'ombre du peintre ne se projette sur le tableau, mais on y trouve une joie physique d'homme en vacances et l'œil d'un grand paysagiste. »

Paul Morand, *Vie de Guy de Maupassant*, Flammarion, 1942.

Jugement que confirme Janssen en apparentant le conteur normand à l'école impressionniste.

« On voit sans la moindre difficulté que le procédé de Maupassant pour faire un décor s'accorde complètement avec celui d'un artiste, qui au moyen de son pinceau marque les grands traits du paysage en laissant à la fantaisie du spectateur le soin d'en remplir les lacunes. C'est-à-dire, devant la nature Maupassant est un véritable artiste, on oserait bien le placer parmi les impressionnistes, ses contemporains. »

C. Luplan Janssen, *Le Décor chez Guy de Maupassant*, Munskgaard, 1960.

Le Maupassant peintre de la Normandie s'efface pourtant lorsqu'il s'agit de brosser les portraits de ses personnages.

« Il fut le premier non peut-être à employer, mais à employer consciemment ce style de récit qui dissimule la psychologie au lieu de l'étaler, et veut que le caractère surgisse non de l'analyse du romancier, mais des actes et des propos des personnages. »

Robert Merle cité par Artine Artinian dans *Pour et contre Maupassant*, 1956.

C'est finalement une race que Maupassant a peint, un type humain que l'on ne verra plus jamais de la même manière après l'avoir lu.

« L'art descriptif de Maupassant est beaucoup plus profond qu'il ne paraît à première vue. Il pousse jusqu'au vif et fixe, en même temps que l'aspect transitoire et particulier des hommes, les caractères spécifiques et inaltérables de la race ; il donne à chacun d'eux son relief et sa valeur générale, sa portée humaine. »

René Dumesnil, *Guy de Maupassant*, 1947.

OUTILS DE LECTURE

Repères : la Normandie de Maupassant

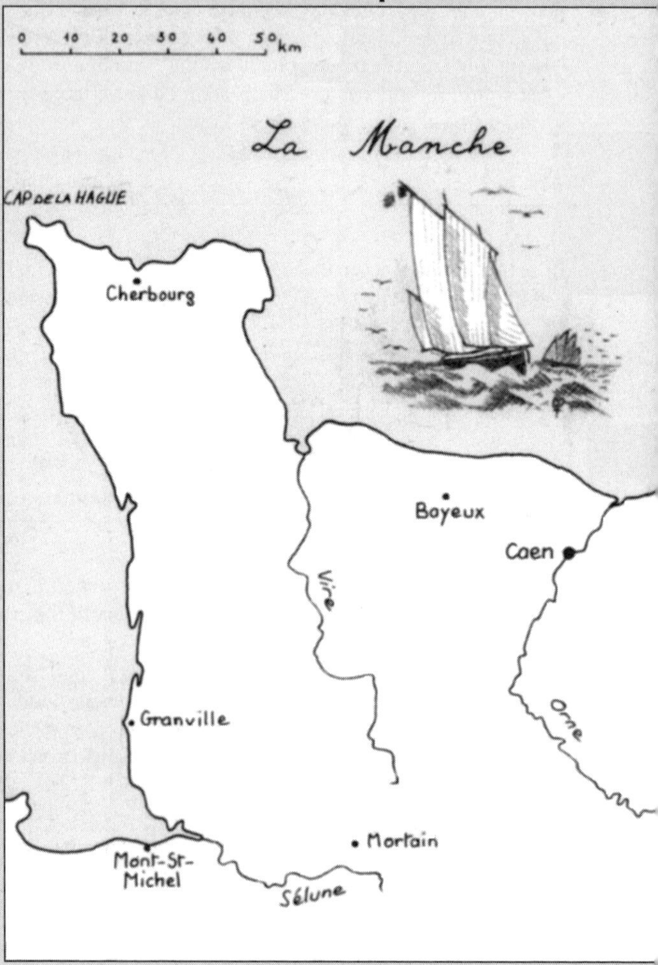

Le Tréport
Dieppe
Cany
Fécamp
Étretat
PAYS DE CAUX
Yvetot
Auzebosc
Le Havre
Duclair
Canteleu
Rouen
Jumièges
Seine
ÉTRETAT ET SES ENVIRONS
Étretat
Épreville
Ymauville
Criquetot
Goderville
Bréauté
Cauville
Manneville
Rolleville
Beuzeville
Montivilliers
Le Havre

Compléments notionnels

Actant *(nom masc.)*
Objet ou personne jouant un rôle dans la narration : la ficelle oriente le sort de Hauchecorne vers la mort, Mme d'Hubières vient enlever un enfant à son destin, ce sont des actants.

Champ lexical *(nom. masc.)*
Ensemble des mots ou des expressions décrivant une même réalité (voir le champ lexical du commerce dans *Un Normand*).

Chute *(nom fém.)*
Effet de surprise à la fin du récit.

Cliché *(nom masc.)*
Image toute faite, banale comme une plaque d'imprimerie que l'on reproduit ; la Normande aux doigts crochus par l'avarice est un cliché.

Connotation *(nom fém.)*
Non le sens du dictionnaire, mais ceux qu'un mot évoque en nous en fonction de notre culture ou de notre expérience. Les coups de fusil dans *Farce normande*, la lune dans le même conte, ont des connotations grivoises.

Dénouement *(nom masc.)*
Fin du récit par laquelle l'action se termine et se résoud : la mort d'Hauchecorne, la défaite du diable.

Didactique *(adj.)*
Qui donne un enseignement ; traditionnellement les contes et les fables ont une visée didactique.

Éponyme *(adj.)*
Se dit d'un personnage donnant son nom pour titre au récit, *Pierrot*.

Implicite *(adj.)*
Non dit, sous-entendu, mais que l'on peut comprendre toutefois.

Incipit *(nom masc.)*
La première phrase d'un texte.

Intrigue *(nom fém.)*
L'histoire, ce qui nous est raconté, la succession des faits.

Locuteur *(nom masc.)*
Celui qui prend la parole.

Narrateur *(nom masc.)*
Celui qui raconte l'histoire, et qui n'est pas l'auteur. Dans les contes de Maupassant, plusieurs narrateurs prennent en charge successivement le récit.

Narration *(nom fém.)*
Le récit littéraire écrit, l'histoire.

Point de vue *(nom fém.)* **ou focalisation**
Point de vue selon lequel l'histoire est racontée :
– focalisation zéro, par un narrateur omniscient, il sait tout des

pensées et des actes de ses personnages, il se transporte où il veut, voir *Le Crime au père Boniface ;*
– focalisation interne, par un personnage, voir *Un réveillon ;*
– focalisation externe, par un témoin des faits relatant les actes, les lieux et les paroles, mais ignorant les pensées des personnages. Le second narrateur d'*Un normand* raconte en focalisation externe.

Polysémie *(nom fém.)*
À plusieurs sens, les coups de fusil de *Une farce normande*.

Satire *(nom fém.)*
Écrit s'attaquant aux défauts moraux, politiques, collectifs ou individuels ; la satire du clergé dans *Le Saut du berger*.

Temps de fiction *(nom masc.)*
Le temps que dure l'action (treize ans pour *Le Retour*). Ne pas confondre avec le temps de lecture, une dizaine de minutes pour ces contes.

Tonalité *(nom fém.)*
Le ton du texte, comique, tragique, polémique, lyrique, élégiaque…

BIBLIOGRAPHIE FILMOGRAPHIE

Bibliographie

- Bancquart Marie-Claire, *Maupassant conteur fantastique*, Archives des Lettres Modernes n° 163, Minard, 1976.
- Besnard-Coursodon Micheline, *Étude thématique et structure de l'œuvre de Maupassant : le piège*, Nizet, 1973.
- Butler Antony, *Les parlers dialectaux et populaires dans l'œuvre de Guy de Maupassant*, Minard, 1962.
- Castella Charles, *Structures romanesques et vision sociale chez Guy de Maupassant*, Nizet, 1973.
- Cogny Pierre, *Le Maupassant du Horla* (de *Lui ?* à *Qui sait ? : une étonnante continuité), Lettres Modernes, 1970.*
- Dumesnil René, *Guy de Maupassant*, Tallandier, 1947.
- Lanoux Armand, *Maupassant, le Bel Ami*, Fayard, 1967, et Grasset, 1979.
- Maynial Édouard, *La vie et l'œuvre de Guy de Maupassant*, Le Mercure de France, 1956.
- Morand Paul, *Vie de Guy de Maupassant*, Flammarion, 1942 et Pygmalion/Gérard Watelet, 1998.
- Planque Joël, *La Peur et autres contes fantastiques*, Les Petits Classiques Larousse, 1999.
- Tassart François, *Souvenirs sur Guy de Maupassant* par François, son valet de chambre, Plon, 1911.
- Tassart François, *Nouveaux souvenirs sur Guy de Maupassant*, Nizet, 1962.
- Troyat Henri, *Maupassant par lui-même*, Le Seuil, 1962.
- Valette Bernard, *Esthétique du roman moderne*, Nathan, 1985.
- Verrier Jean, *La Ficelle*, Poétique n° 30, avril 1977.
- Vial André, *Guy de Maupassant et l'art du roman*, Nizet, 1954.

Ouvrages collectifs

- *Europe*, juin 1969.
- *Analyses et réflexions sur Maupassant : le pessimisme*, Ellipses, 1979.
- *Le paysage normand dans la littérature et dans l'art*, PUF, 1980.
- *Flaubert et Maupassant, écrivains normands*, PUF, 1981.

Filmographie

- Astruc Alexandre, *Une vie*, France, 1957.
- Boyer Jean, *Le Rosier de Mme Husson*, France, 1950.
- Bunuel Luis, *Una mujer sin amor* (d'après *Pierre et Jean*), Mexique, 1951.
- Cayatte André, *Pierre et Jean*, France, 1943.
- Christian-Jaque, *Boule-de-Suif*, France, 1946.
- Daquin Louis, *Bel Ami*, France/Autriche, 1955.
- Deschamps Bernard, *Le Rosier de Mme Husson*, France, 1932.
- Filippo Edouardo, *Mari et femme* (d'après *Toine)*, Italie, 1952.
- Godard Jean-Luc, *Masculin féminin*, France, 1965.
- Kirsanoff Dimitri, *Deux Amis*, France, 1949.
- Kyrou Ado, *La Chevelure*, France, 1961.
- Kautner Helmut, *Lumière dans la nuit*, Allemagne, 1943 (d'après *La parure*).
- Lacombe Georges, *Ce cochon de Morin*, France, 1932.
- Lewin Albert, *Bel Ami*, USA, 1947.
- Liebenheimer, *Wolfgang, Yvette*, Allemagne, 1938.
- Michel André, *Trois Femmes*, France, 1951.
- Mizoguchi Kenji, *Boule-de-Suif*, Japon, 1935.

- Ophuls Max, *Le Plaisir*, France, 1952.
- Renoir Jean, *Une partie de campagne*, France, 1936.
- Romm Mikhaïl, *Boule-de-Suif*, URSS, 1934.
- Toïvo-J-Sarkka, *Une vie*, Finlande, 1947.
- Tourjanski Victor, *L'Ordonnance*, France, 1933.
- Wise Robert, *Mademoiselle Fifi*, USA, 1944.

Adaptations télévisées

- Rim Carlo, *Treize nouvelles de Maupassant*, 1961-1962, d'après *Les Tombales, La Confession de Théodore Sabot, La Parure, En famille, Les Bijoux, L'Ami Joseph, Toine, Deux Amis, Le Petit Professeur, Le Condamné à mort, Le Premier Rendez-vous, Les Regrets de M. Saval, Dimanche d'un bourgeois de Paris*.
- Santelli Claude, *Histoire vraie*, 1973, *Histoire d'une fille de ferme*, 1973, *Madame Baptiste*, 1974, *Le Port*, 1974, *Le Père Amable*, 1975, *Première Neige*, 1976, *L'Ami Maupassant*, 1986 (*L'Enfant, Hautot père et fils, Berthe, Aux champs, L'Héritage, La Petite Roque*).

Direction de la collection : Carine Girac-Marinier.
Direction artistique : Emmanuelle BRAINE-BONNAIRE.
Dessin de couverture : Alain BOYER.
Responsable de fabrication : Marlène DELBEKEN.

Compogravure : P.P.C. – Impression : Rotolito Lombarda (Italie). Dépôt légal : août 2008.
302 396/3 - N° de projet : 11020436 - Août 2012